宇江佐真理

酒田さ行ぐさげ
日本橋人情横丁 新装版

実業之日本社

実業之日本社文庫

目次

酒田さ行ぐさげ

日本橋人情横丁

浜町河岸夕景

一

常盤橋御門《ときわばしごもん》と神田橋御門《かんだばしごもん》の間に竜閑橋《りゅうかんばし》という橋が架かっている。この橋の下を流れる川は神田堀と呼ばれ、神田川に向かって流れているが、亀井町《かめいちょう》の甚兵衛橋《じんべえばし》まで来ると南へ折れ、緑橋《みどりばし》、汐見橋《しおみばし》、千鳥橋《ちどりばし》、栄橋《さかえばし》、高砂橋《たかさごばし》、小川橋《おがわばし》、入江橋《いりえばし》、組合橋《くみあいばし》、川口橋《かわぐちばし》を経て大川に流れ込む。

神田堀は明暦《めいれき》の大火の後、防火の目的のために造られたもので、堀には八丁の土手も築かれている。それゆえ神田堀は別名神田八丁堀とも呼ばれる。この堀は日本橋と神田を分ける境界線ともなっていた。

おすぎの家は栄橋の傍《そば》の富沢町《とみざわちょう》にあった。

富沢町は神田堀の内側にある町だから日本橋界隈《かいわい》に属するのだが、何しろ堀を一本越えたら神田の領域になるので、日本橋の富沢町という呼び方はどことなく収《おさ》まりの悪いものを感じさせる。栄橋の川沿いの通りは浜町《はまちょう》で、そこから南の組合橋の辺りは浜町河岸になる。

ついでに神田堀は亀井町から南へ折れた所から浜町堀と名前が変わる。だからおすぎの住んでいる富沢町は、いっそ浜町堀か、浜町河岸の富沢町と言ったほうが風通しがいいように思える。

おすぎの父親の久兵衛《きゅうべえ》は自分の居所を浜町堀でも、浜町河岸でもなく、あくまでも日本橋の富沢町だと言い張る。日本橋に強いこだわりがあるのだった。

久兵衛は天蓋屋《てんがいや》を営んでいる。天蓋屋とは葬具屋のことで、仏具なども扱っているが、主《おも》に亡くなった者の形見の着物で棺《ひつぎ》を覆《おお》う天蓋や幡《はた》の加工を引き受けている。店の屋号は「上総屋《かずさや》」だが、近所の人間は誰も上総屋と言わず、天蓋屋さんと呼んでいた。

店はおすぎの両親だけで営まれており、女中も置いていなかった。商売が忙しい時、煮売り屋で間に合わせたお菜《さい》でおすぎは一人で食事をすることが多い。おすぎはきょうだいもいない一人っ子だった。

もともと久兵衛は柳原《やなぎわら》の土手で古着屋をしていた男だった。筋違御門《すじかいごもん》から浅草御《あさくさご》門《もん》にかけての十余町（一キロ以上）に亘《わた》る柳原の南岸の土手には千軒もの古着屋が軒《のき》を連ねている。久兵衛が柳原の土手で商売していた頃の住まいは神田佐久間町《さくまちょう》の裏店《うらだな》だった。裏店の店子《たなこ》達は久兵衛の同業者が多かったので、自然、日々の売り上げを競い合うところがあった。久兵衛はその中でも上吉《じょうきち》の部類だったが、たまに仲間の一人が大儲《もう》けをすると、久兵衛は悔しさと羨《うらや》ましさのあまり、晩めしの時になると、おすぎの母親のおまさにその男の陰口を叩《たた》いた。

やれ、あいつの親は昔、紙屑拾《かみくずひろ》いをしていただの、まともな家に住んでいたためしがなくて、あいつの母親は馬小屋であいつを産んだだの、あいつの兄貴は鼻欠《はなか》け（梅毒）になって死んだだのと。おまさも久兵衛に調子を合わせて悪口を並べ立てた。両親は似たもの夫婦だった。

おすぎはその時、五歳ぐらいで商売のことなど何もわからなかったが、父親が罵《ののし》った相手はおすぎを可愛《かわい》がってくれ、たまに菓子もくれる男だったので、父親に陰口を叩かれることが内心、気の毒だった。

久兵衛は柳原での商売におさらばして、ぱりっとした一軒家へ移り、そこで上総屋の看板を揚《あ》げて仲間を見返してやりたいとひそかに考えていたようだ。富沢町に進出できたのは、ひとえに久兵衛の意地と努力の賜物《たまもの》だろう。そこが神田の内でないことも久兵衛は得意気だった。仲間のおおかたは今でも柳原の土手で商売を続けている。神田は久兵衛にとって、やり切れない思い出が滲《し》みついている場所だった。だから、富沢町に引っ越してからは神田のかの字も口にしなかった。

だが、富沢町もまた、古着屋が軒を連ねる町である。同業者同士の競争はさらに激しかった。柳原の土手は店も多かったが、訪れる客の数も多いので、そこそこの売り上げがある。ところが、富沢町では一枚の着物も売れない日があった。客はなじみの店ばかりに行き、新参者の上総屋には目もくれなかった。

久兵衛とおまさは頭を抱えた。これでは何《な》んのために富沢町へ来たのかわからない。品物の飾りつけに工夫をしてみても、さして効果は上がらなかった。

そんな苦しい商売が半年ほど続いた頃、近所で弔《とむら》いがあった。十九歳になる娘が流行《はや》り風邪《かぜ》を患い、呆気《あっけ》なく亡くなってしまったのだ。たまたまその娘は患う少し前、久兵衛の店から晴れ着を買っていた。何んでも縁談が持ち上がり、相手と見合いをするために着るのだと言っていた。樽《たる》職人の家に生まれた娘は普段着しか持っておらず、晴れ着は上総屋で求めたものが最初だった。娘はその晴れ着を大層気に入っていたという。娘の母親はつましい葬儀を出す時、その晴れ着を天蓋にできないだろうかと久兵衛に相談した。

久兵衛は顔見知りの天蓋屋にそれを持ち込んで天蓋と葬列の幡に仕立てて貰《もら》った。

ひと晩も経《た》たずに晴れ着は天蓋と幡となって戻ってきたが、手間賃は存外に高かった。実入りのよい商売だなと、久兵衛は思い、その時から天蓋屋に鞍替《くらが》えすることを考えるようになった。富沢町には天蓋屋が他《ほか》になかったせいもある。

本格的に天蓋屋をするためにはそれなりに修業しなければならない。久兵衛は古着屋商売の合間を縫って、頻繁に天蓋屋や衣屋《ころもや》（僧衣の仕立て屋）を訪れて教えを乞《こ》うた。

若死にした娘の親は棺の上に、娘が愛用した晴れ着などを掛けるが、そのままだと袖《そで》が邪魔になり、棺から滑《すべ》り落ちる。それで晴れ着を鋏《はさみ》でじゃきじゃきと切り、四角いものにして棺に被《かぶ》せるのだ。これが天蓋である。布が余れば葬列の幡にする。しかし、天蓋を焼き捨てることはお上に禁止されていた。

そもそも明暦の大火は別名振袖《ふりそで》火事とも言われ、死んだ娘の晴れ着を供養のために焼いた火が原因となったのだ。葬儀が終わると久兵衛は寺に出向いて天蓋を安く払い下げて貰う。それをまた商売に利用できるから、天蓋屋はうまみのある商売と言えるかも知れない。

とはいえ、天蓋屋の組合に加えて貰うために、久兵衛がかなりの努力を強《し》いられたのは確かなことだった。途中で久兵衛の気持ちが折れなかったのは立派と褒《ほ》めていいだろう。

辛気臭《しんきくさ》い――十歳になったおすぎは自分の家の商売と両親をそんなふうに感じていた。

両親が比較的機嫌よく見えるのは、もちろん商売がうまく行った時だが、その他に店が傾き、夜逃げを決め込んだりした者や何か罪を犯してお上にしょっ引《ぴ》かれた者の噂《うわさ》話をする時もそうだった。さもいい気味だと言わんばかりの表情になる。おすぎは誰も好きこのんで夜逃げをしたい訳じゃなし、罪を犯した人だって、それぞれに深い事情があるのだと思っていたが、それを両親に面と向かって言えなかった。言えば、お前に何がわかる、子供のくせに生意気を言うなと叱《しか》られ、ひどい時は頬《ほお》をぶたれるに決まっていた。おすぎは最近、言えない言葉が胸に詰まり、息苦しい気持ちになることが度々あった。

おすぎは、こんな家はいやだ、こんな親もいやだと、いつも考えていた。久兵衛は長男だったので、おすぎの祖母のおつると同居していたが、富沢町に引っ越して、天蓋屋の商売に弾《はず》みがついた三年後におつるは卒中《そっちゅう》を患って死んだ。

おつるは縫い物が上手で、天蓋を拵《こしら》える腕もおまさより数段上だった。祖母は余りぎれでお手玉などもおすぎに作ってくれたし、おすぎの着るものは、ほとんどおつるの手作りだった。おつるの縫ってくれた着物はどれも着心地《きごこち》がよかった。

両親が寄合《よりあい》で出かけると、おつるはおすぎのために卵焼きを拵《こしら》えてくれ、それをお菜に二人で晩めしを食べた。あの卵焼きはおいしかったなあと、おすぎは今でも思い出す。大好きな祖母が作ってくれたから、なおさらおいしかったのだ。ふわふわして、口に入れるとだし汁がじわっと滲み出た。それに比べておまさの卵焼きは煎餅《せんべい》のように堅かった。だし汁を入れる手間を省いていたせいだ。

晩めしを食べ、満腹のおすぎはおつるの膝《ひざ》に頭を載せる。おつるの乾いて温かい手がおすぎの額をゆっくりと撫《な》で上げる。それはとても気持ちがよかった。そのまま、うとうとと眠ってしまうこともあった。

おつるが死んだ時、おすぎは、これで家の中に大好きな人は誰もいなくなったと思った。

おつるの棺に天蓋を被せなかったことにも、おすぎは腹が立った。久兵衛の弟達とその嫁達が、おつるの形見分けをしてほしいと言った時、おまさは「おっ姑《か》さん、何んにも残しちゃおりませんでしたよ」と、しゃらりと応《こた》えた。

そんなばかな、と口を返した嫁達に「あんたら、どの面《つら》下げて形見分けなんぞと言ってるんだい。おっ姑さんの最期を看取《みと》ったのは、このあたしらだよ」と、凄《すご》んだ。

その言葉にもおすぎは承服できなかった。

おつると一緒に寝ていたおすぎは、夜中に小用を覚えたおつるに手を貸したし、肩の凝《こ》りや足のむくみで眠れない時は、ずっと摩《さす》ってやったのだ。おつるはすまないねえ、すまないねえ、と何度も礼を言った。

朝におつるの使ったおまるの中身を厠《かわや》へ捨てに行く時、おまさは大袈裟《おおげさ》に顔をしかめて「おお、臭い。早く始末しておくれ」と言った。おつるの世話をしているのだから、褒められて当然なのに、おまさはもちろん、久兵衛も一度としておすぎを褒めたことはなかった。ありがとよ、お前がいてくれて助かるよ、たったそれだけでおすぎは張り切っておつるの世話ができたのに。

おすぎはつれない態度をとる両親が恨めしかった。

子供は親を選べないと、早くからおすぎは思っていた。そして、どんな親でも親は親。言うことを聞くしかないのだと、諦《あきら》めてもいた。

富沢町の近所の子供達は皆、田所町《たどころちょう》の手習所《てならいどころ》へ通っていたので、おすぎもそうしたいと両親に言った。

「おなごに学問はいらない」と久兵衛はにべもなかった。おまさも手習所の束脩《そくしゅう》

（入門時の謝礼）や月謝を惜しんで許してくれなかった。

手習所の稽古《けいこ》のある日、おすぎには遊び友達もなく、栄橋を渡った久松町《ひさまつちょう》の煮売り屋へ出かけた。

煮売り屋「いちふく」はおすぎの家がお菜を買う店だった。夫婦で商売をしていて、おすぎより三つ下の風太《ふうた》という息子がいた。

風太は両親が商売に忙しく、あまり構って貰えないので、おすぎが顔を出すと喜んだ。

風太を外へ散歩に連れ出すこともあったし、天気の悪い日は家の中で絵本を読んでやった。

おすぎは字を知らなかったが、お伽話《とぎばなし》の本はおつるが買ってくれたので、毎晩読んで貰っている内にすっかり覚えてしまった。風太に読んで聞かせる分には、不足はなかった。

風太の父親は三十二、三で、母親はまだ三十前に見えた。おすぎの両親よりよほど若かった。

二人はおすぎが暇潰《ひまつぶ》しでいちふくを訪れるのに、風太の相手をしてくれてありがとうと、いつも礼を言った。

「いいの、そんなこと。あたしだって一緒に遊んでくれるお友達がいないから、ここへ来るだけだから」

「おすぎちゃんは、手習所へ行かねェのかい」

風太の父親の富松《とみまつ》が怪訝《けげん》な表情で訊《き》いたことがあった。

「ええ……」

詳しい事情は話したくなかった。風太の母親のおさとは、おすぎの両親の気性を呑《の》み込んでいたらしく「お前さん、余計なことはお言いでないよ」と、そっと制した。

「余計なことかなあ。昔と違い、今の餓鬼《がき》どもは、皆、手習所へ通うじゃねェか。無筆《むひつ》だったら嫁に行っても困ることになるしよう」

富松は納得しない表情だった。

「おすぎちゃんのご両親には、また別の考えがあるのでしょうよ。ご商売は繁昌《はんじょう》しているし、お金に困っている様子でもないから」

「そ、そうだよな。金の問題じゃねェよな」

富松は合点がいって肯《うなず》いた。小父《おじ》さん、お金の問題なのよ、おすぎは大声で叫びたかった。だが、それを言えば両親の恥になる。おすぎは、ぐっと堪《こら》えた。

いちふくの帰り道、おすぎは情けなさで涙がこぼれた。おすぎは贅沢《ぜいたく》をしたいとは思っていなかった。世の中にはもっと不幸な人が大勢いる。わかっていた。だが、よその子供達が当たり前にしていることは自分も同じようにしたい。川開きの花火大会には浴衣《ゆかた》を着て、ちょっぴり小遣いを貰って皆《み》んなで買い喰《ぐ》いし、一緒に楽しく笑い合って過ごしたかった。

買って貰った市松人形を持って友達の家に集って着せ替えごっこがしたい。お正月には晴れ着を着て、その時、小間物屋から買った紅《あか》い塗りの櫛《くし》と花簪《はなかんざし》のひとつもつけたい。そして、皆んなと一緒に手習所で稽古もしてみたい。様々なことを止められていることに不満を覚える自分は我儘《わがまま》な子供だろうか。

おすぎはそのことを両親以外の人間に訊いてみたかった。

二

おすぎは朝起きると、店の前を掃除し、その後で雑巾《ぞうきん》掛けをする。厠の掃除もおすぎの役目だった。

近所の人は家の手伝いをするおすぎを感心だと褒めてくれた。おすぎは褒められても、きょとんとしてしまう。それは当たり前のことで、褒められる筋のものではないと思っていたからだ。

掃除が済み、朝めしを食べ終えると、久兵衛とおまさは店座敷で天蓋作りを始める。おすぎは朝めしの後片づけを済ませると、昼までようやく自分の時間が与えられる。近所の同い年の娘達が誘いに来れば、おまさは外へ出してくれるが、友達が手習所に通う日はいちふくに行った。

「おっ母《か》さん、いちふくさんに行くけど、何か買い物があるかえ」

おすぎはおまさに訊《たず》ねる。以前に黙って出かけ、家に戻ってからいちふくに行っていたと告げると「気が利かない。それならそうとお言いよ。お菜を何か買ってきて貰ったのに」と叱られたからだ。

卯《う》の花《はな》を百匁《もんめ》買っておいでと言うこともあれば、今日は魚を煮付けるからいらないよ、などとおまさは言った。いちふくへ行くことが、その頃のおすぎの安らぎだった。

おすぎの手習所へ通いたいという夢は、ある日、突然叶《かな》うこととなった。同業者の寄合に行った久兵衛は帰って来るなり「おすぎ、お前を手習所へ通わせてやろう」と言ったのだ。おすぎは嬉《うれ》しいというより、驚きで戸惑《とまど》いを覚えた。どうして、今頃、父親がそんなことを言い出すのか不思議だった。

おまさも不満そうに「お前さん、手習所は只《ただ》じゃないんですよ。毎月二百文も掛かる上に夏には畳代の二百文、冬には炭代の二百文、盆暮には砂糖の袋をつけて二百文を出さなきゃならない。おまけに紙だの筆だのが要《い》る。一年にどれほどの掛かりになると思っているんですか。だいたい、おなごに学問させると下手《へた》な理屈をこねるようになって手に負えないと言っていたのはお前さんですよ」と久兵衛に詰め寄った。

「馬喰町《ばくろちょう》の加島屋《かしまや》におすぎと同い年の娘がいるんだよ。手習所の他に琴や茶の湯の稽古にも通わせているらしい。娘は金が掛かると自慢して、おれに、あんたの娘はどうかね、と訊いてきた。ええ、まあとお茶を濁していたら、加島屋の隣りにいたのが、田所町の峰屋《みねや》よ。峰屋の野郎、おすぎちゃんは家の手伝いをしているから手習所へ行く暇がねェと、余計なことを喋《しゃべ》った。まるで、おれがおすぎを女中代わりに扱《こ》き使っているような口ぶりだった。おれァ、肝《きも》が焼けて仕方がなかった」

馬喰町の加島屋は天蓋屋の他にも下《くだ》り傘《がさ》屋《や》も営んでいる店で、田所町の峰屋も同じく天蓋屋の他に駄菓子屋を営んでいる。上総屋とは実入りに差があると言っても、久兵衛にすればおもしろくない話だった。

「だからって……」

おまさはそれでもまだ不満そうだった。

「寄合で恥は掻《か》きたくねェ。お前《め》ェ、明日にでも手習所に行って話をつけてきな」

久兵衛はそう言って、寝間に引き揚げて行った。

「仕方がない。明日は一緒に手習所へ行くとしよう。物入りだねえ」

おまさはくさくさした表情で言った。

「あたし、行かない」

硬い声がおすぎの口から洩《も》れた。父親の意地のために手習所へ通いたくなかった。

「何んだって？　お前、あれほど手習所に通いたがっていたじゃないか」

「あの時はね。でも、あたし、十歳《とお》になっちまったから、今さら手習いを始めても他の子と差がついている。ばかにされるのはいや」

おすぎにも意地はあった。それは父親譲りだったのかも知れないが、おすぎは気がついていなかった。どうせ手習いをするなら誰にも負けたくない。他の子供達は早い子なら六歳、遅くても七歳を過ぎたら手習所へ通い出している。三年の差は大きいとおすぎは思っていた。

「生意気をお言いでないよ。せっかくお父《と》っつぁんが行かせると言ってくれたのに、お前はそれを無にするつもりかえ」

おまさは眼を剝《む》いて声を荒らげた。

「お金が掛かるのよ。紙だって、筆だって、硯《すずり》や墨《すみ》も買わなきゃならない。おっ母さんにぶつぶつ言われるくらいなら、このままでいいのよ」

おすぎはそう言って立ち上がった。おまさは「お待ち」と言ったが、おすぎはそのまま二階の自分の部屋に行き、頭から蒲団《ふとん》を被り、声を殺して泣いた。素直になれない自分にもおすぎは腹が立っていた。

翌日、おすぎは、おまさと一緒に手習所へは行かなかった。さっさと掃除を済ませると、何も言わずいちふくに向かった。

風太はおすぎの顔を見ると、きゃっきゃっと嬉《うれ》しそうな声を上げた。富松とおさとは、いつものように板場で卯の花だの、ひじきの煮付けだの、大根のなますだのを拵えていた。

富松は首から下げた手拭《てぬぐ》いで額の汗を拭《ふ》くと「おすぎちゃん、何かあったのか？おもしろくねェ面《つら》をしているぜ」と言った。

「小父《おじ》さん、わかるの？」

おすぎは驚いて富松を見た。細身の身体《からだ》は十代の頃から目方が変わっていないという。

見ようによっては男前の部類に入るだろう。

おすぎには優しい言葉を掛けるが、気に入らない客にはろくに愛想もない。おすぎは、そんな富松に気に入られていることが嬉しかった。おさとは訪れたおすぎに目顔で肯き、ちょっと笑うだけだ。おさとは瘦《や》せているが、色黒で眼も細く、全体に垢抜《あかぬ》けない感じの女だ。この二人から生まれた風太が食べてしまいたいほど可愛らしいのを、おすぎは時々、不思議に思うことがあった。

「何があったのよ」

富松は鍋《なべ》から塗りの箱に卯の花を移しながら訊く。おすぎは「ちょっとね」と低く応えた。

「いちふくにあまり行くなって叱られたの?」

おさとは空いた鍋を富松から受け取って心配そうに言う。

「そうじゃないの。ゆうべ、お父っつぁんが寄合から帰って来ると、手習所に通わせてくれると言ったのよ」

「へえ、どうした風の吹き回しでェ」

富松は狐《きつね》につままれたような表情になった。

おさとは富松の腕を邪険に叩いた。おすぎの父親に対して無礼だと思ったのだろう。

「寄合に集るお店《たな》のご主人達は、皆んな、娘さんを手習所ばかりじゃなく、お琴や茶の湯のお稽古にも通わせているそうなの。何もしていないのはあたしだけだったみたい。田所町の峰屋さんは、あたしが家の手伝いをしているから手習所へ通う暇がないんだと言ったそうなの。それでお父っつぁん、恥を掻いたと思ったのよ」

「なるほど、それでか」

「ええ。あたし、何を今さらと腹が立って」

「わかるよ、おすぎちゃんの気持ちは」

おさとは、つかの間、同情するような眼になった。

「あたし、行かないっておっ母さんに大声で言ってしまったの。こんなあたし、どうしようもない娘ね」

おすぎは自嘲《じちょう》気味に言った。

「でも、どうするの？　意地を通すの？」

おさとは心配そうだ。

「わからないの。ありがたいのに、素直になれなくて。おっ母さんに毎度、お金が掛かるとぶつぶつ言われるのもいやだし」

「そうだねえ、難しいねえ」

おさとは流しで鍋を洗い出しながら言う。

「だけどよ、せっかくの機会なんだから、ここは意地を通さずに黙って通うのがおすぎちゃんのためだと思うぜ。何んでも学ぶことに無駄はねェからよ。大人になってお袋さんが恩に着せるようなことを喋ったら、済んだことは言うなとほざいてやったらいいのよ」

富松が口を挟《はさ》んだ。

「それいいねえ。済んだことは言わないでよ、ってね。胸がすっとするだろうなあ」

おすぎはようやく胸のしこりがほぐれるような気がした。

やがて、近所のおかみさん連中が買い物にやって来ると、おすぎは風太の手を引いて散歩に出た。

風太は嬉しそうだった。こんな弟がいたら、ずい分、気は紛《まぎ》れるのにと思っていた。

おすぎはそれからも頑《かたく》なに手習所へ行く様子を見せなかった。相変わらず朝の仕事を済ませると、逃げるようにいちふくへ向かった。

おまさはそんなおすぎにぶつぶつと小言を言うが、おすぎは聞こえないふりをしていた。

久兵衛はおすぎの頑固さに呆《あき》れて、何も言わなかったが。

三

桜の季節を迎える頃になると、いちふくは土間口の油障子を開け放し、店前に床《しょう》几《ぎ》を出す。床几は順番待ちをする客のために用意しているが、午前中は風太と一緒にそこへ座り、おすぎは富松やおさとと他愛《たわい》ないお喋りをする。いちふくは間口二間の狭い店だが、近所では味がよいと評判だった。

富松は朝早くに仕入れに行き、戻って来ると下ごしらえをする。遅い朝めしを食べてから本格的に調理に入るのだ。その日の仕入れによって売り出す品は変わった。また、客の注文によりお菜を作ることもある。とはいえ、高級なお菜はなく、江戸の庶民が日々口にするものがおおかただった。

そんなある日、いちふくに杖《つえ》を突いた老人が現れた。おすぎはいつものように風太と一緒に床几に座っていた。いちふくの客は近所のかみさん連中や独り者の男が多いので、そのような老人が買い物に来るのは珍しかった。

「煮売り屋に、ひとつ福あり、わしが春……もうひとつだな」

老人は独り言のように呟《つぶや》いた。いちふくの屋号から、ふと俳句をひねる気になったらしい。何度も水をくぐったような鼠《ねずみ》色の着物に対《つい》の羽織、皺《しわ》だらけのこげ茶色の袴《はかま》を着けている。頭には袴の色と同じ投げ頭巾《ずきん》を被っていた。

「お越しなさいませ。ご隠居様、どうぞ、ここへお座り下さいまし」

おすぎは気を利かせて老人に席を譲った。

「おお、かたじけない。お前はこの店の娘御か」

老人は青みを帯びた眼をおすぎに向け、確かめるような感じで訊いた。

「いえ、あたしは富沢町の上総屋という天蓋屋の娘です。ここの小父さんと小母《おば》さんが大好きだから、毎日のように遊びに来るんですよ」

「ほう、そのついでに子守りをしておるのか」

「子守りだなんて、ふうちゃんは七つだから、もう赤ん坊じゃありませんよ。あたし、一人っ子だから、ふうちゃんを弟のように思っているんです」

「なるほど」

老人は納得したように肯く。皺が深く刻まれた長い顔をしている。おまけに渋紙色に陽灼《ひや》けしているので、おすぎは内心で馬のようだと思った。

老人は床几に座ると、持っていた杖に両手を添え、お菜の数々を眺め「ほう、なますがあるのか。うまそうだな。なますはわしの好物だが、うちの娘は正月しか拵えてくれぬ。買って帰りたいが、あいにく入れ物を持って来なかった」と、残念そうに言った。

「ご隠居様、お宅はどちらです？　お近くなら、あたしがお届けしますよ」

おすぎは張り切って言った。

「おすぎちゃん、そんな迷惑は掛けられねェよ」

富松は慌てて口を挟んだ。

「お店にあるお皿にお菜を入れてご隠居さんのお家《うち》に届け、移し替えたら空いた皿を持ち帰ればいいでしょう？」

「それはそうだが……」

「わしの住まいは田所町にある。それではお言葉に甘えるとするか。なますと……卯の花、青菜のお浸《ひた》しも一緒に」

老人はおすぎと富松のやり取りなど頓着《とんちゃく》せずに言った。

「ほら、小父さん、商売、商売」

おすぎは躊躇《ちゅうちょ》した様子の富松に景気をつけた。

「へ、へい。いかほど差し上げましょうか」

「ふむ。わしは年のいった娘との二人暮らしでござるゆえ、量は適当に。おっと、銭は入っていたかな」

老人は慌てて懐《ふところ》を探り、印伝革《いんでんがわ》の紙入れを取り出した。

おさとは老人が金を持っていることがわかると、岡持《おかも》ちを取り出し、その中に皿を並べ、老人が注文したものをよそった。

おさとはそれから富松と小声で値段を相談し「ご隠居様、それでは全部で三十二文いただきますが、よろしいでしょうか」と、おそるおそる言った。

「おお、安いのう。娘は晩めしの手間が省けたと大喜びするだろう」

老人はそう言って疎《まば》らな歯を見せて笑った。

「小母さん、ふうちゃんと一緒に行って来るよ。いいでしょう？」

「いいの？　風太、足手纏《あしでまと》いにならない？」

「大丈夫。ふうちゃんも喜ぶから」

「すまないねえ、こんなことをさせて。後でおすぎちゃんのおっ母さんに叱られないだろうか」

おさとは心配そうだ。おすぎはおさとに近づき「このご隠居さん、悪い人でもなさそうだよ。何かあったら、近くの人に大声で知らせるから」と、囁《ささや》いた。

「わかった。手が空いたら、うちの人を迎えにやるから」

「大丈夫だって」

おすぎはおさとを安心させるように笑った。

田所町までの道中、老人は杖を突きながらゆっくりと歩いた。栄橋を渡ると、上総屋の看板が見えた。

「お前の家はあそこだな」

老人は、ふと足を止めて言った。

「ええ、そうです。浜町堀を渡ると日本橋の内になるんですよね。うちのお父っつあん、自分の店は日本橋だと大威張りで人に言うんですよ。浜町堀の傍だと言えばいいのに」

おすぎは苦笑交じりに老人へ教えた。

「それはお父上の矜持《きょうじ》であろうの」

老人は難しい言葉を喋る。矜持の意味がわからない。おすぎは黙って歩みを進めた。風太は知らない町を歩くのが嬉しいらしく、きょろきょろして「ねえちゃん、おもちゃ屋があるよ」だの、「駄菓子屋もある。寄りてェ」などと言った。

「おとなしくして」

おすぎは風太と握った手にぐっと力を込めて制した。

老人の住まいは田所町の会所だった。そこは町内の人々が寄合に使ったり、弔いの会場に充《あ》てたりする。だが、おすぎはその会所が日中、手習所になることを知っていた。となると、老人は手習所の師匠なのだろうか。

おすぎは手習所を外から覗《のぞ》いたことがなかったので、詳しいことはわからない。何んとなく居心地の悪さを感じ始めていた。

会所の隣りは峰屋で、駄菓子を求める子供達で賑《にぎわ》っていた。そこでも風太は興味深そうだったが、おすぎに叱られるので寄りたいとは言わなかった。

「何をしておる。ささ、遠慮せずに中へ入れ」

老人は土間口前でもじもじしているおすぎを中へ促す。それから老人は声を励ますようにして「園江《そのえ》、園江」と、呼んだ。

間もなく、おすぎの母親とさして年の差のなさそうな中年の女が現れた。友禅の前垂れを締めているが、武家の女のような恰好《かっこう》だった。それに老人と似ておらず、おすぎの眼からは大層きれいな人に見えた。

「お戻りが遅かったので、心配しておりましたのよ。富沢町の天蓋屋さんへ出かけたきり、一刻《いっとき》（約二時間）も戻っていらっしゃらないのですもの。途中で倒れたのではないかと、差配さんに様子を見に行っていただこうかと思っていたところでしたよ。あら、この岡持ちは何んですの」

園江という女は座敷に置いた岡持ちに怪訝な顔をした。

「煮売り屋からお菜を買って来た。なますがうまそうだったのでな。ついでにお前の好きな卵の花も入れて貰った」

「まあ、お弟子さんの様子を見に行ったつもりが煮売り屋さんでお買い物ですか」

園江は呆れたように言う。おすぎは何んだか風向きがおかしいと思った。老人は自分を訪ねて来たのだろうか。おすぎがいなかったので、おまさに教えられていちふくまで足を延ばしたということなのか。

「で、お弟子さんは？」

園江はお菜よりも弟子の様子が先だというように話を続けた。

「ふむ。これがその娘だ」

「まあ、あなた、子守りをなさっているのですか。確か、一人娘さんで、きょうだいはいないと聞いておりましたけど」

風太と一緒にいることを子守りだと考えるのは老人と同じだった。やはり親子だ。

「いえ……」

だが、おすぎは面喰らって、言葉がすんなり出て来なかった。

「そう、立て続けに喋るな。おすぎは戸惑っておる。上がって、茶なんぞ飲んで話を聞くことにする。ささ、おすぎ」

老人はとっくに自分の名前を知っていた様子である。

「ご隠居様は手習所のお師匠さんでしたか」

おすぎは俯《うつむ》きがちになって訊いた。

「そうだ。お前の母御から頼まれておったのだが、肝腎《かんじん》のお前がなかなか現れぬ。これはどうしたことかと案じておったのだ。それで本日は陽気もいいことだし、散歩がてらお前の所へ行ったが、お前は煮売り屋へ遊びに行ったという。出直すのも面倒だから、その煮売り屋へ足を延ばしたのだ」

やはり、おすぎが考えた通りだった。

「ご足労をお掛けして、申し訳ありません」

「なになに。お前の母御はお前のことを筋金入りの意地っ張りだと言っておったが、わしはそのように思わなんだ。のう、商売に忙しい煮売り屋の倅《せがれ》の面倒をみるとは感心なものだ」

「本当にそうですね」

園江も相槌《あいづち》を打つ。風太は会所の広い板の間に興奮して、ばたばたと走り回った。

「静かに！」

おすぎは大きな声で叱ったが、風太は意に介するふうもなかった。

「構わん。好きにさせておけ。さて、おすぎ。お前は見たところ、それほどもの分かりが悪い娘とは思えぬが、手習所へ通いたくない理由は何んだ」

老人は煙管《きせる》を取り出し、大きな火鉢の炭で火を点《つ》けると、おもむろに訊いた。

「それは……」

詳しい事情を話せば両親の恥になると思い、おすぎは自分の気持ちだけ話した。同い年の子と差がついているのがいやだと。

「なるほど。しかし、このまま何もせずにおったら、さらに差がつく。今が追いつく絶好の機会なのだ。一年、辛抱すればお前は立派に皆と肩を並べることができるだろう。のう、園江」

「ええ、利発そうなお顔をしておりますもの、きっと先生のおっしゃる通りになるでしょう。おすぎさん、わたくしからもお願いします。どうぞ、ご両親のお気持ちに従って下さいまし。それが後々、あなたのためになるはずです」

園江が弟子を獲得するためにそう言ったとは思わなかった。心底おすぎの将来を案じている様子だった。それがおすぎの心を和らげた。また、自分の父親を父上とか、お父っつぁんとか言わず、先生と呼び掛けているのも感じがよかった。

「いちふくの小父さんと小母さんにも同じことを言われました」

おすぎは低い声で言ったが、心は手習所へ通うことに傾いていた。

「そうでしょうねえ。あなたはとてもよい子ですから、周りの皆さんも心配するのですよ」

「小母さん、あたしのお習字がまずくても、ご本をすんなり読めなくても呆れませんか」

おすぎはおずおずと訊いた。

「呆れるものですか。最初からお習字が上手だったり、すらすら素読《そどく》できる子なんておりませんよ。おすぎさんをばかにする子がいたら、わたくしが承知しませんから安心して」

園江は柔和な笑みを浮かべて言った。

小半刻《こはんとき》（約三十分）後、おすぎは岡持ちを持って田所町の会所を出た。園江はおすぎと風太に「お土産《みやげ》よ」と言って紙に駄菓子を包んで渡してくれた。風太は大喜びだった。

「ねえちゃん、手習いをするのか」

帰り道で風太は飴玉《あめだま》を舐《な》めながら訊いた。

「うん」

「そうか……」

「ふうちゃんも手習いの稽古がしたい？」

「いや、おいらは遊んでいるほうがいい。その内に奉公に出たら遊ぶ暇なんてないしよ」

「ふうちゃんは奉公に出るつもりなんだ」

「ああ。おいらの家、貧乏だから……」

「あのね、ねえちゃんが手習所へ通うようになったら、今までのようにいちふくに行けないかも知れないよ。寂しいだろうけど、我慢してね」

「寂しくねェよ。おいら男だから」

風太は強がって言う。

「ごめんね……」

おすぎは消え入りそうな声で謝った。いちふくへ通うことでおすぎは自分の寂しさを紛らわせていた。自分が手習所へ通うために、今度は風太を寂しい目に遭わせるのだ。それを思うと、おすぎは風太に対して心底すまない気持ちになった。

四

園江の助言でおすぎはようやく手習所へ通う決心をつけたが、おまさが買い調《ととの》えてくれた道具はとんでもない安物で、筆は幾らも使わない内に箒《ほうき》のようになった。園江は見かねて自分の筆をおすぎに与えてくれた。その筆はとても書きよかった。

「奥様、この筆はお高いものなのでしょう？　いただいてもよろしいのですか」

おすぎは恐縮して訊いた。手習所の子供達は皆、園江のことを奥様と呼んでいたので、おすぎもそれに倣《なら》った。本当はお師匠さんの娘だからお嬢様と言わなければならないのだろうが、お嬢様と呼ぶには、園江は少し薹《とう》が立っている。それで奥様に落ちついたのだろう。

園江は筆のことでおすぎが心配しなくてもよいと言った後で「使いやすくてよい品物というのは、それほど安くは手に入らないということは覚えておきなさいまし」と念を押した。

自分の母親ばかりでなく、江戸のおかみさん連中は値段の安さばかりに気を取られるが、筆一本でも職人が手を掛け、心を掛けて作ったものはそれなりの値段がついてしかるべきだ。安いはずがない。おすぎは園江の理屈になるほどと納得した。

おすぎの遊び仲間の少女達はおすぎが手習所へ通うようになったことを喜んでくれた。当初心配していたように、おすぎの稽古の後れを嗤《わら》う者はいなかった。気をよくしたおすぎは張り切って稽古に励んだものだ。

手習所へ通うようになると、おすぎが予想していたように、自然、いちふくからは足が遠退《とおの》いた。風太はおすぎのいない間に上総屋へ様子を見に来ることもあったらしい。おすぎは風太が可哀想《かわいそう》だったが、それよりも手習所の友人達と過ごすのに夢中だった。

たまにおまさの使いでいちふくに行くと、富松とおさとは相変わらず親しげに言葉を掛けてくれるが、風太は上目遣いにおすぎを見るだけで、以前のように傍へ来ることはなかった。おすぎは風太のそんな表情を見ると、たまらなくなり、そそくさと家に戻ってしまうのだった。

いちふくの悪い噂を聞いたのは油照りの夏が過ぎ、ようやく朝夕に涼しい風が吹く秋口になってからのことだった。いちふくのお菜を食べた客が腹痛を起こしたという。一人や二人だけなら、夏の暑さで胃腸が弱っていたせいだと片づけられるが、症状を訴えた人間は十人以上に及んだ。どうしてくれるのだと、いちふくに怒鳴り込んだ客もいたらしい。

町役人《ちょう》と近所の町医者が調べに訪れたが、何が原因なのかはわからなかった。売り物のお菜はひじきの煮付けだの、きんぴら、卯の花、なますだの、特に食あたりが考えられるようなものはなかった。しかし、いちふくは世間を憚《はばか》り、店前に休業の貼《は》り紙を出した。ほとぼりが冷めるまで商売を休むつもりのようだった。

「久松町の下駄《げた》屋のご隠居さんは三日も下痢《げり》が止まらなかったらしいですよ。うちがひどい目に遭わなくて幸いでしたよ」

おまさは晩めしの時にそう言った。その夜の膳《ぜん》にはよその煮売り屋から買ったひじきの煮付けとめざし、なすの浅漬けが載っていた。

「食べ物商売は裏へ回れば眼を覆いたくなることが山ほどありますよ。いちふくの亭主は厠に行って、ちゃんと手を洗っていたのかしらん。考える度に気持ちが悪くなる」

おまさは顔をしかめて続ける。

「やめて、おっ母さん。食べている時に汚《きたな》いことを言うのは」

おすぎはさり気なくおまさを制した。

「いちふくは落とした評判を取り戻すのが骨だろうなあ」

久兵衛は晩酌の酒にほろりと酔った顔で口を挟んだ。

「お父っつぁん、本当にそう思うの？」

おすぎは不安な気持ちで訊く。

「ああ。食べ物商売なんてそんなものよ。旗本《はたもと》御用達《ごようたし》の菓子屋だって、うっかりあんこに髪の毛が入っていたために御用達の看板を取り下げられたこともあるのよ」

「謝っても許して貰えないのね？」

「当たり前だ。謝って済むなら奉行所はいらないよ」

「………」

「今にいちふくのおかみさんは倅を連れて実家へ戻ってしまうだろうよ」

おまさは訳知り顔で言う。

「そんな……いちふくの小父さんと小母さんは二人で力を合わせて店を切り守《も》りしてきたのよ。商売ができないからって、そんなすぐに小母さんが見切りをつけて出て行くなんて、ありっこない」

おすぎは力んだ声で言った。

「食べられなきゃしょうがないじゃないか」

おまさは小意地悪くおすぎの考えを否定した。ごはんのお代わりをしようとしていたが、おすぎは途端に食欲が失《う》せた。おすぎは土瓶のほうじ茶を茶碗《ちゃわん》に入れた。

「おや、もうお仕舞いにするのかえ」

おまさは驚いて訊く。

「ええ。何んだか食べる気もしないから。ふうちゃんが可哀想……」

「お前、あの子を弟のように可愛がっていたからねえ」

おまさはその時だけ、珍しく同情的な口調になった。食べ終えた食器を台所へ運び、おすぎは煙抜きの窓から外の様子を窺《うかが》った。栄橋の欄干《らんかん》が半分ほど見えたが、その先は見えない。

いちふくはいつまで休業するのだろうか。

風太が膝を抱えて泣いている姿が想像された。

おすぎは胸が締めつけられるような気分だった。

手習所の師匠の丸山此右衛門《まるやまこのえもん》は七十を過ぎた高齢だったので、季節の変わり目に風邪を引き込むと回復するまで時間が掛かった。此右衛門が臥《ふ》せっている間は当然、手習所は休みとなる。

近年は此右衛門が臥せっている回数がとみに増え、子供を通わせている親は次第に不満を覚えるようになった。

園江が代わりに稽古をつける日もあったが、風邪がうつっては大変だと、親が子供を休ませる場合も多かった。師走《しわす》は二十日を過ぎれば手習所は正月休みに入るが、一日と十五日は休みと決められている。その月、此右衛門が弟子に稽古をつけたのは、十日と何日かだった。

おまさはそれなのに月謝は当たり前に取るのかと憤《いきどお》っていた。そういう話を子供の前で平気でするおまさの気が知れないと、おすぎは思っていたが、実際はその通りなので、おまさに言い返すことはできなかった。

いちふくは霜月に入ってから、ようやく店を開けたが、案の定と言おうか、訪れる客の姿は少なかった。

おすぎは手習所が休みでも田所町へ行き、土間口周りを掃除したり、雑巾掛けをしたりして園江を手伝った。

此右衛門は普段でも痩せているのに風邪で体力を奪われ、まるで骨と皮ばかりのようになった。食欲もないので園江は大層困っていた。

ある日、園江は「お使いを頼まれてくれる？」と言って、小丼《こどんぶり》を差し出した。

「ほら、あなたのご贔屓《ひいき》の煮売り屋さんに行って、大根のなますを買って来て下さいな」

お安い御用と、ぽんと胸を叩きたかったが、いちふくが秋に食あたりを起こしたことを考えると、おすぎは及び腰になった。

「でも、奥様。いちふくさんのお菜を買って食べた人が腹痛を起こしたのですよ。よろしいのでしょうか。先生はお身体が本調子じゃありませんし」

「大丈夫よ、なますなら」

園江はふわりと笑って応えた。

「どうしてですか？」

「まずい芝居をする役者のことを大根役者と言うでしょう？」

園江は悪戯《いたずら》っぽい眼で訊く。

「ええ」

「その心は？」

「ええと、当たらない」

「ご名答。大根はあたらないのよ」

園江の理屈が嬉しかった。おすぎは張り切って久松町のいちふくへ向かった。

いちふくに行くと、おさとはいつもの笑顔でおすぎを迎えてくれたが、なぜか富松の姿はなく、代わりに風太が流しで洗い物をしていた。風太の背丈では流し台が高すぎるので、踏み台に乗ってそれをしていた。

「ふうちゃん、小母さんのお手伝いをしているのね。偉いね」

おすぎは声を掛けた。風太はちらりとおすぎを振り返り、照れ臭そうに笑った。

「小父さんはいないのね。用足し？」

おさとに訊くと、おさとは「ええ、まあ」と曖昧《あいまい》に笑った。何んだか様子がおかしかったが、おすぎは園江に頼まれた通りなますを丼に入れて貰った。代金を払って帰ろうとすると、おさとは「おすぎちゃん」と引き留めた。

「近い内にあたしら、引っ越しをするの。今まで風太と遊んでくれてありがとね」

おさとは笑顔で言ったが、眼には涙が溜《た》まっていた。風太はこっちを見ない。

「お店を畳んじまうの？」

おすぎは驚いて訊く。

「ええ。もう、どうしようもないのよ。あたし、風太を連れて実家に戻るつもりなんだよ」

「そう……」

それは富松がいないことと関係があるのだろうかと思ったが、その時のおすぎは面と向かっておさとに訊けなかった。

「寂しくなるね」

おすぎは俯きがちになって言った。

「おすぎちゃんは手習所へ通えるようになったし、もう、うちに遊びに来なくてもいいだろ？」

「……」

「お父っつぁんとおっ母さんの言うことをよく聞いて、いい子におなりよ。おすぎちゃんは愚痴《ぐち》をこぼしていたけど、実の親ほどありがたい人は、他にはいないんだよ」

おさとは噛《か》んで含めるように言う。

「わかってます」

「あたしも風太もおすぎちゃんのことは決して忘れないからさ」

おさとはそう言った後で、たまらず前垂れで眼を拭った。

「あたしも……小母さんとふうちゃんのことは忘れません」

おすぎはそう応えるのが精一杯だった。喉《のど》に塊《かたまり》ができたように苦しかった。おすぎは短く「さよなら」と言って、いちふくを出た。

だが、栄橋を渡っている時、風太が後を追い掛けて来た。

「ねえちゃん」

風太は鼻の頭にけし粒のような汗を浮かべていた。

「かあちゃんがこれを持って行けって」

風太は竹皮に包んだものをおすぎに差し出した。

「なあに？」

「卯の花。ねえちゃん、好きだったろ？」

「でも、商売物じゃないの。貰えないよ」

「いいんだって。おいら達、明日の朝、ばあちゃんちに行くから」

「じゃあ、いちふくは今日で店仕舞いなの？」

おすぎは眼をみはった。

「ああ。ちゃんはよう、商売がうまく行かなくなって酒ばかり飲むようになったんだ。それで、飲み屋の女とトンズラしたのよ」

そんなことになっていたとは思いも寄らなかった。

「大変だったんだねえ」

「ああ、てェへんだった。かあちゃんは一人じゃ店をやれねェから、ばあちゃんちに行くんだ」

「そう……」

「そいじゃ、ねえちゃん、あばよ」

風太は鼻の穴を膨《ふく》らませてそう言うと踵《きびす》を返した。

「ふうちゃん！」

「何？」

「大人になって、寂しいことがあったら、きっとねえちゃんを訪ねて来てね。ねえちゃん、上総屋にずっといるから」

「大人になったら、ねえちゃんは嫁に行くだろうが」

「ううん。あたしは一人娘だから上総屋を継がなきゃならないの。だから、ずっといる」

「わかった」

風太は納得して肯いた。短い間に風太はずい分大人になったと思う。それがいちふくの商売が立ち行かなくなったことと両親の不和のせいだと考えると、おすぎは切なかった。

張り出たおでこと丸い鼻がご愛嬌《あいきょう》の風太ともう会えないのかと考えると、おすぎは涙が止まらなかった。

「ねえちゃんの泣いた面なんざ、見たかねェ。おいら、行くぜ」

風太は捨て台詞《ぜりふ》を吐いて、一目散にいちふくへ戻って行った。栄橋の下はさらさらと水音がしていた。前日に降った雪が岸辺に積もっている。辺りはたそがれが迫っていたが、雪のせいで妙に白々として見える。見慣れた町の景色が、その時のおすぎには、いつもと違って感じられた。まるで知らない町へ来たように心許《こころもと》ない気持ちだった。早くなますを園江に届けなければと思いながら、おすぎの足は重かった。風太が渡してくれた卯の花の入った竹皮の包みはぼんやりとぬくもりがあった。

多分、この先、卯の花を食べる度に今日のことを思い出すだろう。もう、金輪際、卯の花は食べたくない。きッと顔を上げたおすぎの眼に、通りの家々が霞《かす》んでぼやけて映った。

五

此右衛門は高齢のせいもあり、床から起き上がることができず、大晦日《おおみそか》の前日にとうとう帰らぬ人となってしまった。

結局、おすぎが手習所へ通ったのは一年足らずだった。友達は別の手習所へ通うようになったが、おすぎはそうしなかった。以前のように家の手伝いをしながら、おまさに教えられて天蓋作りをするようになった。

手仕事をしていると余計なことを考えずにいられるのがおすぎにとってはよかった。

此右衛門が亡くなると、園江は身の周りの整理をして実家に戻った。驚いたことに園江は、此右衛門の娘ではなく、妻であったという。どういう経緯で園江が此右衛門と夫婦になったものか、おすぎには事情がわからなかったが、後年、両親の話から、此右衛門はさる旗本屋敷のお抱え儒者《じゅしゃ》であり、園江はその屋敷に仕える用人の娘であったことを知った。

二人は年の差を乗り越えてお互い相手を慕い、ついに手に手を取って屋敷を出奔《しゅっぽん》したらしい。もちろん、園江の父親は激怒して連れ戻しに来たが、園江は意地を通して家に戻らなかった。出奔した当初は園江の実家と音信が途絶えていたが、此右衛門が亡くなる三年ほど前から、ようやく園江は実家と行き来ができるようになっていたという。

おすぎは此右衛門と園江の事情を知らされても、二人を軽蔑《けいべつ》する気持ちにはならなかった。むしろ、自分の意地を通した園江を女として尊敬できたし、此右衛門の穏やかな人柄を思い出して、園江が魅《ひ》かれた理由にも深く納得がいったのである。

あの日、風太と別れた後、おすぎは田所町へなますを届けた。その時、卯の花も園江に少し分け、いちふくがなくなることを告げた。

「そう、これがいちふくさんの最後の味なのね。そう考えると、とても貴重なお菜に思えますよ。ありがたくいただくことに致します。おすぎさんも悲しいでしょうけれど、じっと堪えるのですよ。そしてね、今までいちふくさんから優しくされたことも忘れずにいて下さいね。世の中は出会いがあれば別れもあるものですから」

そう言った園江は此右衛門が死ぬことをすでに覚悟していたのかも知れない。

おすぎが此右衛門と園江と関わった月日は短かったけれど、様々なことを教わったと今では思う。二人に出会わなければ、おすぎは相変わらず両親に不満を覚えるだけの我儘娘で終わったはずだ。

おすぎは上総屋の娘として、久兵衛が亡くなった後もおまさを助けて商売を続けた。そのおまさも還暦を過ぎてしばらくした頃に道で転んで足の骨を折り、外出できない身体になってしまった。それでも口だけは達者で、今でもおすぎの商売のやり方にあれこれ口を挟んだ。それにいちいち腹を立てなくなったのは、おすぎが亭主を持ち、子供の親になったせいだろうか。

おすぎの亭主が外廻《まわ》りから戻ると「長谷川町《はせがわちょう》の佃煮《つくだに》屋のご新造《しんぞう》さん、三番目の子供を産んだ後、具合を悪くして床に就《つ》いていたが、今朝方亡くなったそうだ」と言った。

「まあ、あのご新造さんはまだ三十前でしたよ」

おすぎは驚いて亭主の顔を見る。

「ああ。あすこの姑《しゅうとめ》さんも死ぬのは年の順番じゃないんだねえと泣いていたよ」

「そうでしょうねえ」

「天蓋と幡を拵えてくれと頼まれたよ」

亭主は途端に商売人の顔になった。

「おや、大変。お通夜はいつ？」

「明日だそうだ。間に合うよな」

「ええ。でも、高砂町の丁子屋《ちょうじ》さんからも頼まれておりますから、今夜は子供達を早めに寝かせて、あたしらは夜なべをしなきゃ」

丁子屋は上総屋に仕事を回してくれる呉服屋のことである。

「なあに。夜なべと言っても着物をじゃきじゃき切って縫うだけのことだ。さほど手間はいらねェよ」

「そうよねえ。煮売り屋さんだったら、仕入れはあるし、下ごしらえもあって大変だ。それに比べりゃ天蓋屋なんて……」

「おっと、皮肉か？」

亭主の久兵衛は悪戯っぽい顔で笑う。おすぎの亭主は上総屋に婿入《むこい》りしてから、久兵衛を名乗っている。おすぎの父親の名前を貰ったのだ。久兵衛は神田佐久間町の母親の実家で煮売り屋をしていたが、母親が病を得て亡くなると、さっさと商売を畳んだ。もともと煮売り屋商売は手が荒れるし、利が薄いので好きではなかったらしい。

神田佐久間町はおすぎにとっても懐かしい町だった。詳しく聞くと、久兵衛の母親の実家とおすぎがかつて住んでいた裏店は存外に近かった。それにも因縁を感じた。

久兵衛の母親が亡くなった時、ふとおすぎのことを思い出して久兵衛は上総屋に知らせに来た。おすぎは二十一で、近所では行かず後家とそろそろ陰口を叩かれる年になっていた。久兵衛はその時、十八で、おすぎより三つ年下だった。

「ねえちゃん」と昔ながらに呼び掛けた久兵衛は、立派な若者となっていた。如才なく話をする久兵衛を両親はひと目で気に入ったらしい。

おすぎは両親に頼んで、久兵衛の母親の天蓋と幡を香典代わりに作って貰った。久兵衛は大層喜び、おすぎや両親に何度も礼を言った。それから久兵衛が上総屋へ婿に入るまで、さして時間は掛からなかったと思う。

おすぎは今でも亭主のことを「ふうちゃん」と呼ぶことがある。久兵衛の元の名は風太だからだ。その度に久兵衛は「よせやい。何がふうちゃんでェ」と苦笑して鼻を鳴らした。

子供は三人とも娘で、おすぎの口調を真似《まね》て久兵衛のことをふうちゃんと呼んだりする。

「こいつら、親父《おやじ》をからかって」

久兵衛は拳《こぶし》を振り上げ怒って見せるが、眼は笑っていた。

浜町堀は今でも昔と同じようにさらさらと水音を立てて流れている。おすぎはかつて味わった胸の潰れそうな寂しさを思い出すこともあったが、それはただの寂しさで、今のおすぎにとっては何ほどのこともなかった。

おすぎが今の自分のありようを滅法界もなく倖《しあわ》せだと思っているせいだろう。

桜になびく

一

七つ（午後四時頃）過ぎの人形町《にんぎょうちょう》通りは厚い雲に覆われ、陽《ひ》の目も見えなかった。それに加え、頬《ほお》を嬲《なぶ》る風もやけに冷たく感じられる。ついひと廻《まわ》り（一週間）前まで人々が花見気分に浮かれていたことなど、まるでうそのようだ。もっとも、戸田《とだ》勝次郎《しょうじろう》は三年前に妻のりよと二人で上野《うえの》のお山へ花見に出かけて以来、花見はしていない。

あれは、りよと祝言を挙げた翌年の春のことだった。勝次郎は、りよにねだられ、渋々出かけたのだ。だが、満開の桜は勝次郎の想像以上に美しかったし、その花の下にいたりよも若く美しかった。出かけてよかったと今では思っている。あれがりよの最後の花見となってしまったからだ。

りよは花見をしてから間もなく身ごもった。

妊娠初期はつわりに苦しんだが、その他《ほか》は特に身体《からだ》の不調もなく臨月を迎えるに至った。

勝次郎にとっては初めての子供だったし、両親にとっても初孫だった。戸田家の誰《だれ》しもがりよの出産を首を長くして待ち構えていた。

いよいよ陣痛が始まった時、勝次郎はりよが心配で務めを休もうかと思ったが、母親の久江《ひさえ》は、妻の出産のために務めを休むなど武士の恥だと言うので、いつも通り奉行所へ出かけた。

勝次郎は北町奉行所の年番方同心《ねんばんかたどうしん》を務めている。年番方は奉行所全般の取り締まり、金銭の保管出納、同心分課の任免などを司《つかさど》る部署である。しかし、その日の勝次郎は上《うわ》の空で、机の書類に目を通しても、さっぱり頭に入って来なかった。

そうして退出時刻になると、大急ぎで奉行所の玄関へ向かった。玄関には戸田家の下男の茂七《もしち》が迎えに来ていた。いつもは中間《ちゅうげん》の今助《いますけ》が送り迎えするので、少しだけ妙な気がしたが、勝次郎は意気込んで「茂七、生まれたか」と訊《き》いた。

茂七は二、三度眼をしばたたき「へ、へい」と曖昧《あいまい》に応《こた》えた。

「どっちだ。男か、女か」

勝次郎は早口で確かめる。茂七は短い吐息をついてから「わかりやせん」と、俯《うつむ》き、低い声で言った。

「わからないということがあるか。母上に早く知らせろと言われて、お前はこうして迎えに来たのだろうが」

勝次郎はいらいらして声を荒らげた。

「若旦那様《わかだんな》」

茂七は決心を固めたように顔を上げた。きいろい目脂《めやに》のついた茂七の眼を勝次郎は今でも覚えている。

「落ち着いてお聞き下せェやし。若奥様はお子様ともども、お亡くなりになりやした」

そう聞いた途端、勝次郎の周りから一切の物音が消えたように感じられた。

(死んだ？　りよが？　子供と一緒に？　そんなばかな)

勝次郎は動揺する気持ちを抑えるように、つかの間、眼を閉じた。

「仔細《しさい》を話せ」

勝次郎は低い声で茂七に言った。

「へい。若奥様はまれに見る難産でございやした。取り上げ婆《ばあ》さんの手に余り、あっしは玄庵《げんあん》先生を迎えに行きやした。玄庵先生がお屋敷に着いた時、若奥様はすでに虫の息でございやした。玄庵先生は若奥様に気付け薬を嗅《か》がせたり、色々手を打ちやしたが、ほんの半刻《はんとき》（約一時間）前に、とうとう、お眼を落とされてしまいやした。お腹《なか》の子も助かりやせんでした」

茂七の言った玄庵とは八丁堀で町医者をしている小堀《こぼり》玄庵のことだった。腕がいいと八丁堀では評判も高かった。

「玄庵先生でも助けられなかったのか……」

長い吐息が洩《も》れた。お産で命を落とす女の話は勝次郎も聞くことがあったが、それはあくまでも他人事《ひとごと》だった。よもや自分の妻の身に降り掛かって来ようとは夢にも思っていなかった。

八丁堀・北島町《きたじまちょう》の組屋敷内にある自宅に戻ると、りよの実家の両親、二歳年下の妹が駆けつけ、りよの亡骸《なきがら》の前で涙にくれていた。

りよの顔は血の気が失《う》せ、灰色となっていた。現実を受け止めなければならないと自分に言い聞かせても勝次郎には無理だった。まるで狐《きつね》に化かされているようで、りよの死が信じられなかった。

それから葬儀の準備が慌《あわただ》しく始められたが、勝次郎は終始、心ここにあらずという態《てい》だった。

りよのことを思い出すのは決まって春の桜の咲く頃だ。いや、桜に因《ちな》む話が出る度に勝次郎はりよを思い出した。誰にも邪魔されず二人きりで花見をした記憶が今でもくっきりと残っているせいだ。だが、りよが亡くなって以来、勝次郎は花見へ出かける気になれなかった。桜の下で亡妻の思い出に浸《ひた》るなどまっぴらだ。桜に罪はないとわかっていても、つい眼を背《そむ》けてしまう。我ながら矛盾した男であると、勝次郎は自分のことを思っていた。

勝次郎は人形町通りの庄助屋敷《しょうすけやしき》と呼ばれる建物の前の辻《つじ》を西へ折れた。その界隈《かいわい》に杉《すぎ》ノ森稲荷《もりいなり》があることから通りは杉ノ森新道と呼ばれている。勝次郎は杉ノ森新道を抜け、堀沿いを歩いて小網町《こあみちょう》へ出て、鎧《よろい》の渡しで八丁堀へ戻るつもりだった。

勝次郎は早世した兄の代わりに父親の跡を継いで奉行所へ上がり、父親が致仕《ちし》（務めを辞めること・隠居）したと同時に家督を譲られた。本来なら、次男の勝次郎は他家へ養子に行くさだめだったのだ。

戸田家は代々、江戸の治安を守る町奉行所同心の仕事を承《うけたまわ》ってきた。父親も同心、祖父も同心、そのまた先の曾《そう》祖父も同心だった。

骨の髄《ずい》まで同心という仕事が滲《し》みついた家に生まれたのに、どうも勝次郎は自分が同心に適していないような気がしてならない。そもそも、そんな余計な考えが頭をよぎることからして、同心の資質に欠けるのではないだろうか。務めに対する心構えも、できているとは言い難かった。

りよの一周忌が過ぎると、母親の久江は後添《のちぞ》えを迎えろと言うようになった。戸田家を思う久江の気持ちは無理もないものだが、勝次郎は久江がその話をする度、不愉快そうに眉《まゆ》をひそめた。仕舞いに「それほどお家が大事なら、拙者の代わりにどこからか養子をお迎えなされ」と、悪態《あくたい》をついた。

妻に死なれた男の所へ嫁いでくる女こそ、いい迷惑だろう。そういうことに思いが及ばない久江を勝次郎は嫌悪した。今では必要なこと以外、久江とろくに話もしていなかった。

（おまけに……）

勝次郎は胸で独りごちる。気が滅入《めい》るような御用まで命じられた。杉ノ森新道を歩く勝次郎はつくづくわが身の不運を嘆いていた。いっそ、りよの傍《そば》に行きたいという思いが頭をもたげる。死んで楽になると考えるのは愚か者の理屈だと重々承知していながら。

杉ノ森稲荷の前を過ぎると、勝次郎は、ふと縄暖簾《なわのれん》を出している見世《みせ》に眼を留めた。赤い軒提灯《のきぢょうちん》にまだ灯《ひ》はともっていなかったが、「小桜」という字が読めた。居酒見世《いざかみせ》らしい。杉ノ森新道は何度か通ったことがあるが、その見世には今まで気づかなかった。勝次郎は家に戻る前に一杯飲みたい気分になった。小桜という見世の名がそんな気にさせたのかも知れない。

二

「ごめん」

縄暖簾を搔《か》き分け、油障子を開けて声を掛けたが、中には客が一人もおらず、見世の者の姿もなかった。狭い見世だった。正面に鉤《かぎ》形の飯台《はんだい》があり、赤土の土間を挟んで小上《こあ》がりもある。小上がりには間に仕切りの衝立《ついたて》が置いてあった。

「ごめん」

もう一度声を掛けると、飯台の突き当たりにある付け障子が開いて、年の頃、三十前後の中年増《ちゅうどしま》の女が顔を出した。付け障子の先は内所（経営者の居室）になるらしい。

「お越しなさいまし」

おかみらしい女は、つかの間、警戒するような眼で勝次郎を見た。

「通りすがりの者だが、一杯飲ませて貰《もら》えるか。それとも口開けにはまだ早いか」

「通りすがりだなんて……八丁堀の旦那でござんしょう？　どうぞ、中へ」

女は苦笑交じりに応える。紋付羽織に着流しの恰好《かっこう》はひと目で奉行所の役人だとわかる。

小上がりに座ろうか、それとも飯台の前の腰掛けに座ろうかと、きょろきょろしていると「旦那、こちらへどうぞ」と、飯台の隅の席を促された。

女は片口丼《かたくちどんぶり》を取り上げ、それを持って飯台の外に出ると、小上がりの突き当たりの壁際に置いてあった酒樽《さかだる》の栓《せん》を外し、酒を注いだ。酒樽には「七ツ梅《ななつうめ》」の商標がついている。伊丹《いたみ》の酒だった。見世の構えに比べ、存外によい酒を置いていた。

「燗《かん》をおつけしますか」

「いや、冷やでいい」

「承知致しました」

女は小皿の上に白い湯呑《ゆのみ》を置き、なみなみと酒を注いだ。溢《あふ》れた酒は小皿に溜《た》まる。

勝次郎はひと口飲んでから、小皿の酒を湯呑に入れた。

女はその間に鍋《なべ》の蓋《ふた》を取り、高野豆腐の煮しめを小丼に入れ、勝次郎の前に差し出した。

飯台の中は板場になっていた。女の後ろの棚には食器や銚子《ちょうし》が飾られていたが、縁起物の熊手《くまで》や招き猫などもある。だが、飲み屋にしては少し殺風景な感じもした。

「うちは気の利いたお肴《さかな》はあまりございませんの。こんなものしか作れなくて。お父《と》っつぁんが元気でしたら、お刺身でも何んでもお出しできるんですが」

女は申し訳なさそうに言う。

「てて親は死んだのか？」

「いいえ。労咳《ろうがい》を患って、寝ついております。お医者様は年も年だから、そう長くないだろうとおっしゃっております」

「それは気の毒だな」

ぽつりと言った勝次郎に女の表情が弛《ゆる》んだ。

「同情なさって下さるんですか、旦那」

「もちろん。だが、おかみが親身に看病しているのだから、てて親は倖《しあわ》せだ」

「そんなふうにおっしゃって下さったのは、旦那が初めてですよ。そうですよね。

お父っつぁんは、あたしが傍にいるんですもの、倖せですよね」

「おかみは大変だろうが」

「ちっとも。近所にあたしの妹も住んでいるので、忙しい時は手を貸してくれますから」

「よい妹だな」

「旦那がそうおっしゃっていたと妹に教えたら、きっと喜びますよ。今日はいい日になりました。旦那、ありがとう存じます。お近づきに、一杯奢《おご》らせて下さいまし」

女はそう言って、勝次郎の湯呑に、またなみなみと酒を注いだ。初めて入った見世なのに、勝次郎は気持ちの安らぎを感じた。それは女の人柄のせいだろう。

「あたしはみとと申します。旦那のお名前を伺ってよろしいかしら」

女は上目遣いになって続ける。色白ではないが、眼に張りがあり、そこそこの器量である。細身の身体もどことなく色っぽい。

「うむ。戸田勝次郎と申す」

「戸田様でいらっしゃいますか。北のご番所へお務めですか」

「うむ」

「よろしくお願い致します」

　みとは丁寧に頭を下げた。

「大伝馬町《おおてんまちょう》に伏見屋《ふしみや》という太物問屋《ふとものといや》があるが、おかみは存じておるか」

　勝次郎はその見世に来たついでにさり気なく訊いた。大伝馬町は杉ノ森新道からほど近い町である。

「ええ。大きなお店《たな》でございますよ。旗本のお屋敷の御用も引き受けているそうです。でも、二、三年前に掛け取り（集金）に出た番頭さんがお金を持ったまままいなくなったことがございました。大晦日《おおみそか》のことでしたねえ。番頭さんはそれから間もなく首を縊《くく》っているのが見つかったそうです。きっと、盗賊にお金を奪われ、ご主人に申し訳が立たず自害されたんでしょうねえ」

　みとは思い出したように言う。むろん、それは勝次郎も知っていた。当時、伏見屋は自身番を通して奉行所に訴えていたからだ。

　しかし、金の行方は結局、わからず仕舞いだった。みとが言ったように盗賊に奪われた可能性も高い。

「百両近くの大金だったそうですね。普通のお店でしたら、それでお店が傾いてしまうのですけど、さすが伏見屋さんですねえ。微塵《みじん》もそんな様子は見受けられませんでしたよ」

「提灯問屋の津島屋《つしまや》はどうだ？」

「どうだって、旦那。お取り調べですか」

みとは、きゅっと眉を引き上げた。あまり近所のことをぺらぺら喋《しゃべ》るのは考えものだと思ったらしい。

「いや、そういう訳ではないが、少し気になるのだ。津島屋も伏見屋と同じようなことはなかったか」

「あそこはお内儀《ないぎ》さんが散財する方だったので、それこそお店が傾くのも時間の問題だろうと噂《うわさ》が立っておりましたよ」

「しかし、そうはならなかった」

「ええ。存外にお金があったのでしょうねえ」

「……………」

二杯目の酒を飲み干した時、奥から湿った咳《せき》が聞こえた。労咳を患っているみとの父親のものだろう。それを潮に勝次郎は腰を上げた。

「おかみ、幾らだ」

もう少し飲んでいたかったが、勝次郎が帰るまで両親は晩めしの箸《はし》をとらない。

あまり待たせる訳には行かなかった。

「もうお帰りですか?」

「また来る」

「本当ですね、旦那」

みとは念を押すように訊いた。勝次郎は代金を払うと、見世を出た。それほど長居をしたつもりはなかったが、外に出ると、とっぷりと日は暮れていた。だが、酒のせいで寒さはあまり感じなかった。勝次郎は心地《ここち》よい酔いを感じながら、みとに訊いたふたつの店のことを思い出す。もう一軒、気になる店もあったのだが、そこは通旅籠町《とおりはたごちょう》で、みとの見世から離れた場所にある。みとに訊《たず》ねるまでもないと省いた。

伏見屋と津島屋は店が危ないと噂になりながらも、今日まで商いを続けている。それはやはり、どこからか救いの手があったからだろうか。わからないと、勝次郎は首を振った。

勝次郎はひとつ吐息をつくと小網町へ歩みを進めていた。

三

その日、奉行所での務めを終えて玄関を出た時、勝次郎は内与力《うちよりき》の羽山三郎助《はやまさぶろうのすけ》に呼び止められた。内与力は奉行に直属して御用を承る。羽山は四十を幾つか過ぎた年齢で奉行の信頼も厚い男だった。その羽山に呼び止められ、勝次郎は一瞬、いやな気持ちがした。面倒な用事を言いつけられるのではないかという予感もした。その予感は不幸にも当たってしまうことになった。

羽山は奉行の役宅内にある用部屋へ勝次郎を促した。羽山は他言無用と釘《くぎ》を刺した後で、声を潜《ひそ》めるようにして仔細を語った。

それは勝次郎にとって青天の霹靂《へきれき》だった。

年番方の組頭で筆頭同心とも言うべき森川蔵人《もりかわくろうど》が奉行所の金を使って高利貸しをしているという。

「まさか」

勝次郎は内与力の羽山を前にしながら思わず口走った。

「拙者も最初、まさかと思った」

羽山は勝次郎を口答《くちとが》めせず、相槌《あいづち》を打つように応えた。

「これが他の部署であったのなら、さもあろうかと拙者も考えただろう。しかし、よりによって年番方でそのようなことが起きるとはな」

羽山はため息交じりに続ける。

「森川さんは算勘《さんかん》の技《わざ》に長《た》け、曖昧な掛かりはひと目で見破るほどのお人でございまする。ごまかしは通用しませぬ。失礼ながら羽山様のお話は信用できかねまする」

「そなたがそう考えるのも無理はない。しかし、今、奉行所に幾ら金があるのかは誰もわからぬ。森川だけがわかっていることだ」

「ですが、森川さんは毎日、出納帳を作成して、金銭の流れを明示なさっておりまする。そこにごまかしがあろうなどと……」

「戸田」

羽山は勝次郎の次の言葉を遮った。

「森川はいつも年番方の用部屋に最後まで残り、仕事を片づけておった。そうだな？」

「はい……」

「どのようなことも人任せにせず、自ら目を通しておった。まことに熱心な男と褒《ほ》めるべきだが、風邪《かぜ》を引き込んで熱があっても、午後には奉行所に顔を出し、金庫の金を改め、出納帳を拵《こしら》えた。それはなぜだ。他の者が代わりに仕事をすれば、たちまち自分の仕業が露見すると恐れたからではないのか」

「それでは出納帳に、うその数字があったということでございますか」

「日々の出納帳に誤りはない、表向きはの」

「……」

「戸田、出納帳とはいかなるものか」

羽山は謎《なぞ》掛けのように勝次郎に訊《たず》ねた。

「毎朝、金庫の金を数え、前日の残高と間違いがないか確かめまする。それから奉行所の一日が始まり、新たな金の流れがございまする。奉行所内で使う炭、灯《あか》り油、茶葉の購入、定廻《じょうまわ》り、隠密《おんみつ》廻りが遠出する際の掛かりなど細かい支出もあれば、ご公儀から届けられる役人の報酬まで多岐に亘《わた》りまする。それを誤りのなきよう出納帳に記しまする」

「さよう」

羽山は傍《かたわ》らの火鉢に載せてあった鉄瓶にそっと触れ、熱いことを確かめると自ら茶を淹《い》れた。

「お気遣いなく」

勝次郎は慌てて言った。

「なに、茶を淹れるのは雑作《ぞうさ》もないこと」

羽山は笑って勝次郎をいなした。色も香りもない茶だったが、喉《のど》の渇きは幾分癒《いや》された。

「結論から申せば、出納帳の残高と金庫の中の金は合っておらぬ」

「どういうことでございましょうか」

勝次郎は怪訝《けげん》な眼で羽山を見た。先ほど羽山は出納帳の数字に誤りはないと言ったはずだ。勝次郎はつかの間、混乱した。

「難しく考えることはない。つまり、出納帳の残高と金庫の中にある金の差が、森川が他に流用した金となるのだ」

「そこまでおっしゃるのでしたら、羽山様が森川さんの立ち会いの許《もと》に改めを行なえばよろしいのではないですか」

「うむ。いずれそういうことにもなろう。だがまだ確たる証拠が揃《そろ》わぬのだ。それで、そなたにも手を貸してほしいのだ」

それから羽山は噂となっている商家の屋号を二、三、勝次郎に明かした。面と向かって森川蔵人から金を借りているかと訊ねても、恐らく否定するはずだから、その商家と森川とのつき合いがあるか否かをまず確かめる。

そして、つき合いがあると素直に応えてくれた店には、それは何年前からのことかとさり気なく訊ねよ、というものだった。

相手の商家に不審を抱かせずに話をしろとは、ずい分な難題である。

勝次郎は羽山に暇乞《いとまご》いした後、八丁堀へは戻らず、一石橋《いっこくばし》を渡り、常盤橋御門《ときわばしごもん》前から本町通りを東へ向かった。大伝馬町の太物問屋伏見屋、提灯問屋津島屋、通旅籠町の油問屋橋本屋《はしもとや》を訪れ、番頭に森川と面識があるかどうかを訊ねるためだった。

それらは皆、奉行所出入りの店だった。

大伝馬町のふたつの店の番頭はにこやかな表情で、森川様にお引き立てをいただき、ありがたいと口を揃えた。ふたつの店は三年ほど前から奉行所と取り引きがあったが、特に不審な様子は見られなかった。

ただ、通旅籠町の油屋だけは一年ほど前から奉行所に品物を納めていないと、そっけなく応えた。何んでも納めた品物に不足があったとかで森川の怒りを買い、出入りを止められたという。今は岩本町《いわもとちょう》の別の油屋が品物を納めているらしい。そういう事情も勝次郎は知らされていなかった。奉行所に納める油とは灯り油のことだった。

奉行所出入りの店となれば、年間の売り上げは相当なものになろう。橋本屋がそれをふいにしてしまったのは、単に納めた品物に不足があっただけなのだろうか。

勝次郎はさらに調べを進めるため、橋本屋をもう一度訪れて話を聞いてみなければならないと思った。小桜へ立ち寄ったのは、その帰りだったのだ。


小桜から北島町の自宅へ戻ると来客があった。りよの妹のとせがやって来ていた。

「お義兄様《にいさま》、お邪魔致しておりました」

二十歳《はたち》を過ぎたとせは、まだ祝言の話もなく、自宅にいて茶の湯や生け花の稽古《けいこ》に通っていた。りよの実家も奉行所の役人をしていた。長兄は北町奉行所で本所見廻りを仰せつかっている。

「とせさんは、りよさんの月命日のお参りにいらしたのですよ」

久江は横から口を挟んだ。

「それはそれは恐縮でござる」

勝次郎は慇懃《いんぎん》に応えたが、とせが自分の帰りを待っていたような気もした。勝次郎が着替えをするために自分の部屋へ向かおうとした時、とせは「まあ、すっかり長居をしてしまいました。母がどうしたことかと心配しておるでしょう。小母《おば》様、これでお暇《いとま》致します」と、慌てて言った。

「まだよろしいではありませんか。何んでしたらお夕食をご一緒にいかがですか」

久江は名残《なご》り惜しそうに引き留める。

「そのようなご迷惑は掛けられませぬ。父も母も待っておりますので」

「そうですか。それでは勝次郎さん、とせさんを送って差し上げて」

久江は当然のような顔で言った。煩《わずら》わしい気がしたが、若い娘一人で夜道を歩かせる訳にも行かない。

「承知致しました」

勝次郎は渋々応えた。とせは嬉《うれ》しそうに眼を輝かせ「ありがとうございます、お義兄様」と言った。

とせの家は八丁堀の岡崎町《おかざきちょう》にある。勝次郎が懐手《ふところで》をして歩く後ろから、とせは遠慮がちについて来た。風は相変わらず冷たかったが、小桜で酒を飲んだせいで、それほど寒さは感じなかった。とせは肩掛けで襟許《えりもと》をきっちりと覆っていた。

「寒くないですか」

勝次郎がお愛想に声を掛けると「少し」と、応えた。それを潮に、とせは「本日は小母様から、折り入ってお話があると言われて北島町に参りました」と続けた。

「ほう。どのような話でござった」

勝次郎は気のない様子で訊く。

「わたくしに祝言のお話はないのかとお訊ねになりました。わたくしは残念ながらまだです、と応えました。すると、小母様はお義兄様と一緒になる気はないかとおっしゃいました」

「…………」

やはり、そんなことになっていたのかと勝次郎は憮然《ぶぜん》とする気持ちだった。

「わたくしに異存はありませんが、お義兄様のお考えもありますので、即答は避けました」

「とせさんは拙者の後添えになってもよろしいと言われるのか」

勝次郎は驚いて振り向いた。とせは恥ずかしそうに下を向いた。持っていた提灯が微《かす》かに揺れて、とせの足許をぼんやり照らしている。

「お義兄様が姉のことを忘れられないのは十分に承知しております。初めての子が生まれようとした時に姉が命を落とすなんて……これでどちらかが助かっていたなら、まだしもお義兄様のお気持ちは救われたでしょうに」

「とせさん、済んだことです。どうぞ、もう、りよのことも子供のことも触れないでいただきたい。それに、どちらかが助かったとしても残された者が不憫《ふびん》なのは変わりござらん。拙者は、りよが子供と一緒に身まかったのは、ある意味、不幸中の幸いだと思っております」

　勝次郎はきっぱりと言った。

「お義兄様はお強い方ですね。うちの母は日に一度は姉のことを口にして涙ぐんでおります。いっそ、自分が身代わりになりたかったとまで言うのです」

「りよが助かったとしても、とせさんの母御《ははご》と同じことを言ったはずでござる。それが母親というものですが、見ている拙者はたまらない気持ちで日々を過ごしたでしょうな」

「わたくしはお義兄様のお力になりたいのです。お義兄様にはお義兄様の人生がございます。わたくしはお義兄様がお気の毒でならないのです」

「拙者に同情しているから後添えに入るのですか」

「いえ……わたくしは昔からお義兄様のことを……」

　とせはそこで口ごもった。いかにも言い難《にく》そうだった。

「女房に死なれた男の後添えなんぞ、なるものではありませんよ」

勝次郎はやんわりとした口調で言った。

「でも、その死んだ人はわたくしの姉です。他人よりまだましというもの」

とせは興奮したのか甲高い声を上げた。何んとも妙な理屈だった。勝次郎は笑うしかなかった。

「とせさんのお気持ち、よっくわかり申した。ですが、とせさんの一生のことでござる。もう一度、よくお考えなされ」

そう言った勝次郎に、とせは黙った。それから岡崎町の組屋敷へ着くまで、とせはひと言も喋らなかった。

四

翌日、奉行所に出仕した勝次郎は朝の申し送りを済ませると、羽山三郎助の用部屋へ出向き、伏見屋、津島屋、それに橋本屋から聞いた話を伝えた。今のところ、森川蔵人に関して怪しい様子は見られなかったと言った。

羽山は勝次郎に引き続き探索を続けるよう命じた。

年番方の部屋に戻ると、森川は算盤《そろばん》を弾《はじ》き、帳簿の整理に余念がなかった。羽山から疑いを持たれていることなど、微塵も感じているふうもない。時々、定廻りか隠密廻りから上がって来た掛かりであろうか「水茶屋の茶代まで奉行所持ちにするとはふとどき千万」と独り言を呟《つぶや》いていた。

コの字形に天神机《てんじんづくえ》を並べ、森川は正面の机に日がな一日座っている。次の間の奥に金庫が置いてある。金庫は用がある時以外、南京錠が掛かっている。

その鍵《かぎ》も常に森川が保管していた。森川はその日の金の残高を数え、出納帳に記すと、所定の棚に収める。

それから金庫の鍵をしっかりと掛け、さらに壁に設《しつら》えてある鍵箱に収める。毎日の森川の行動は逐一決まっている。不正を働く隙《すき》があるとは考え難い。いったい、どこから森川への不信感が湧《わ》いたのだろうか。勝次郎には見当もつかなかった。古い出納帳の綴りを調べようとすれば、森川は「何か気になることでもございますかな」と決まって声を掛けるので、迂闊《うかつ》に動けなかった。

毎日の仕事は森川の指示の許に進められる。

帳簿を調べているのが見つかったら、勝次郎はうまい言い訳ができそうになかった。

二、三日してから、勝次郎は通旅籠町の橋本屋をもう一度訪れ、奉行所への出入りを止められた理由を訊ねたが、最初に返答があった以上のことは引き出せなかった。

さしたる証拠が見つからないまま、ひと月ほど過ぎた頃、北町奉行所でとんでもない事件が起きてしまった。

上総国《かずさのくに》にある村の百姓の男が年貢米《ねんぐまい》を運ぶ時に手違いがあったとして、知行主から訴えられた。治助《じすけ》という男は江戸に召喚《しょうかん》され、北町奉行所で取り調べを受けることとなった。

取り調べは吟味方《ぎんみかた》の同心が行なったが、午後の八つ刻《どき》（二時頃）は三廻りと呼ばれる定廻り、隠密廻り、臨時《りんじ》廻りの同心は外に出ていて奉行所にはいなかった。吟味方も同心が三人だけで、与力と他の同心は別件で茅場町《かやばちょう》の大番屋に出向いていた。

だから奉行所にいたのは三人の吟味方同心と内勤の役人、後は中間と下男ぐらいだった。

その日、勝次郎も森川に命じられて紙問屋に注文品の催促に行って奉行所を留守にしていた。外に出ていて幸いだったと勝次郎は後でしみじみ思ったものだ。

取り調べを受けていた治助は非を認めるどころか、江戸まではるばる召喚されたことに大層腹を立てていた。

吟味方の役人の一人が小用に立つ折、うっかり脇差《わきざ》しを置いて行った。治助はその脇差しを手に取り、傍《そば》にいたもう一人の同心へいきなり斬《き》りつけたという。それから書き役の同心へも刃《やいば》を振るい、脇差しを持って廊下に出た。たまたま居合わせた下男の利助《りすけ》の腕を斬り、さらに廊下を進んだ。異変に気づいた年番方同心の佐野《さの》兵庫《ひょうご》が「乱心者である。出会え、出会え！」と大声で叫んだが、奉行所にいた役人達は恐ろしさのあまり、用部屋の戸を締め切って、中にこもってしまった。

治助はそのまま奉行所の玄関から外へ逃げようとしたが、下男の吾助《ごすけ》が後ろから男へ飛び掛かり、地面に押さえつけた。すると佐野兵庫も六尺棒で男の手首を打ち、脇差しを離させ、ようやく男を捕えたという。

勝次郎が何も知らずに戻ると、奉行所は上を下への大騒ぎとなっていた。この事件で吟味方同心志田金右衛門《しだきんえもん》、書き役の羽鳥留吉《はとりとめきち》、それに下男の利助が命を落とした。果敢に男へ飛びついた下男の吾助と佐野兵庫も軽い傷を負った。

その時、森川蔵人はどうしていたかと言えば、年番方の用部屋の襖《ふすま》を閉めて、金庫の傍でぶるぶる震えていたという。

この事件は北町奉行を激怒させた。吾助と佐野兵庫以外、皆々、役人の風上にも置けぬ者達だとして、脇差しを置いて小用に立った小松源之丞《こまつげんのじょう》には改易《かいえき》の沙汰《さた》があり、隠れていた同心達にも、それぞれ謹慎処分が下った。

「本当に運のよいことでございました。それもこれも、りよさんがあなたを守って下さったからでしょう」

久江は眼を潤ませて勝次郎の無事を喜んだ。

「時に森川殿はいかが致した」

父親の勝右衛門《しょうえもん》は気になる様子で勝次郎に訊いた。普段は口数が少なく、いるのかいないのかわからないほどおとなしい男だが、さすがにこの度のことは衝撃だったらしく、勝次郎に仔細を訊きたがった。

「ひと月の自宅謹慎だそうです」

勝次郎は低い声で応えた。自分がその場に居合わせたなら、どうしたであろうか。恐らくは森川と一緒に用部屋に隠れていたような気もする。佐野兵庫の勇敢さはとても真似《まね》できなかった。

「帳簿を調べ直すよい機会だ。一人の男が何年も金庫番をするというのは感心せんことだ」

勝右衛門はそんなことを言う。

「父上は森川殿の噂を何か聞いておられましたか」

隠居した勝右衛門にまで悪い噂が流れていたのかと思った。

「いや、どれほど聖人君子でも目の前に金があると心持ちは普通でなくなるものだ。森川殿に不審な点があるとは思わぬが、念のためだ」

長く年番方同心を務めてきた勝右衛門だから、心当たりのひとつやふたつはあるのだろう。

「父上がお務めした頃にも不届きな振る舞いをする御仁《ごじん》はいたのですか」

「いたいた。たくさんいた」

「……………」

「だからの、調べ直すのだ。奉行所の金はご公儀の金だ。さらにそれは百姓が骨身を削って差し出した年貢から出たものでもある。この度の事件を起こした百姓も、よほど腹に据《す》えかねる理由があったのだろう」

「だからと言って……」

父親が事件を起こした男に同情的なのが勝次郎には納得できなかった。

「お前の言いたいことはわかっておる。一番悪いのはその百姓だ。だが、人にはそれぞれに言い分があるから、本当のことはその百姓にしかわからぬものよ」

治助は市中引き廻しの上、獄門《ごくもん》の沙汰が下った。治助の村の五人組の仲間も連帯責任で処罰を受けたという。

「お前に大事がなくてよかった。これは久江が言ったようにりよの加護かのう」

勝右衛門はそう言った後、仏間に行って、音高くりんを鳴らした。

五

勝次郎は奉行所の事件が一段落すると、杉ノ森新道の小桜へ出かけたい気持ちになった。

森川の謹慎処分も解けて、翌日辺りには年番方の用部屋に戻って来る頃でもあった。

勝次郎は奉行所を退出すると、迎えに来ていた中間の今助とともに八丁堀へ向かったが、途中で「ちょっと用事がある」と言って、今助を先に帰し、鎧の渡しで小網町へ行き、そのまま杉ノ森新道を目指した。

「ごめん」

勝次郎が油障子を開けると、着物に対《つい》の袖《そで》なしを重ねた男の背中が眼についた。

みとは満面の笑みで「まあ、戸田様。お約束通り、またいらして下さったのですね」と言った。飯台の前に座っていた先客が、ゆっくりと振り返った。

その拍子に勝次郎はぎくりとなった。先客は森川蔵人だったからだ。

「悪いことはできぬものだの。明日からお役所へ出仕するので、ちょいと一杯引っ掛けるぐらい構わぬだろうと出かけて来たが、おぬしに見つかってしまった」

森川は悪びれた表情で言った。

「ご心配なく、口外は致しませぬ」

勝次郎は森川を安心させるように言って、隣りの席に腰を下ろした。

「恩に着る。お礼と言っては何んだが、本日はそれがしに奢《おご》らせてくれ」

「そんな。そんなご迷惑は掛けられませぬ」

「いいのだ。ひと月の間、それがしも色々と今までの来《こ》し方《かた》を考えた。よい機会であったと思う」

森川はしみじみした口調で言うと、銚子を傾けた。みとが慌てて勝次郎の前に猪《ちょ》口《こ》を置く。酌をして貰い、勝次郎は何気なく森川の顔を見た。もともと痩《や》せた男だったが、謹慎処分を受けたせいか、頬はさらにこけて見える。

「この度のことは北町の役人の腰抜けぶりを晒《さら》してしまった。お奉行が激怒されるのも無理のないことだった。お務めに支障なきよう、それがしは今まで真面目《まじめ》に励んで来たが、武士の本分を忘れていたと、つくづく思うぞ。それがしは老いぼれの百姓一人に怖《お》じ気《け》をふるい、手も足も出なかった」

治助は四十八歳だったから、老いぼれと呼ぶには少し早い気もしたが、勝次郎は逆《さか》らわなかった。

「拙者もあの場所にいたなら、佐野殿と同じような働きぶりができたかどうか、はなはだ疑問でござる。森川さん、あまりご自分を責めてはなりませぬ」

勝次郎は森川を慰めるように言った。

「時に、おぬしはこの見世のなじみであったのか？」

森川は勝次郎に酌をしながら、訝《いぶか》しい眼で訊いた。

「なじみではございませぬ。たまたま通りを歩いていた時、この見世が眼に留まったので、軽く飲んだことがありまする。そうですね、ふた月前のことでしたか」

勝次郎はみとの顔を見る。みとは笑顔でこくりと肯《うなず》いた。

「おかみにもう一度来ると約束していたので、本日出かけて参りました」

「こいつは、それがしの女でござった」

森川は唐突に言った。ぎょっとした勝次郎は、二の句が継げなかった。

「旦那、そんなことを戸田様に打ち明けなくてもよろしいじゃございませんか。済んだことですよ。戸田様、昔の話ですから、どうぞご心配なく」

みとは取り繕うように言った。

「おぬし、羽山様に命じられて、それがしのことを調べておったのではないか？」

森川はつかの間、鋭い眼になった。その眼は書類を見る時と同じだった。勝次郎はさらに驚いた。心《しん》ノ臓《ぞう》の動悸《どうき》が高くなっていた。

「それがしの噂が奉行所に流れていることは知っていた。高利貸しだと？　どこからそんな話が出たのであろうの。むきになって否定すれば、いよいよ怪しいと思われるゆえ、それがしは何も言わず、黙っておったのだ。人の噂も七十五日と申すゆえ、その内、自然にそれがしの噂も収束するものと思うていた。だが、そうではなかったらしい」

森川は苦い表情で猪口の酒を飲み干した。

みとは新しく燗をつけた銚子を二人の前に置く。勝次郎は黙って森川に酌をした。

「古い帳簿を調べました。勝手なことをして申し訳ございませぬ」

勝次郎はぺこりと頭を下げた。

「なになに。羽山様のご命令なら是非もないこと」

森川は鷹揚《おうよう》な表情になって応える。

「それで、何か見つかりましたかな」

森川はゆっくりと猪口を口に運びながら続けた。

「不正な事項はございませんでした」

勝次郎が応えると、みとは「当たり前ですよ。旦那が不正を働く訳がない」と、憤った声を上げた。

羽山立ち会いの許に金庫の金を改めたが、一文の不足もなかった。勝次郎は内心で百両単位の金の流れがあるものと身構えていたので、間違いがないとわかると拍子抜けする気持ちだった。羽山も心なしか、がっかりしている様子に見えた。

「これで森川さんの疑いも晴れたというものです。ご安心を。謹慎処分はお気の毒でしたが、森川さんは奉行所で必要な人間でございまする。どうぞこれからもよろしくお願い致しまする」

勝次郎は改まった顔で森川に頭を下げた。

「戸田、おぬしは甘い男だの」

森川は醒《さ》めた眼で勝次郎を見た。

「書類上に不正がないからと言うて、それがしが清廉潔白《せいれんけっぱく》と決めつけるのは早計であるぞ」

「……」

「それがしは伏見屋と津島屋から袖の下を受け取っていた。伏見屋は三年前に大晦日の掛け取りを番頭がしくじり、大層な負担を強《し》いられた。伏見屋はそれがしの父親の頃からの贔屓《ひいき》の店だった。番頭の弔《とむら》いが終わってしばらくした頃、主《あるじ》が一番番頭を伴ってわが家を訪れた。このままでは店が傾くとな。今すぐという訳ではないが、大きな取り引きでも纏《まと》まらない限り、いずれ伏見屋は潰《つぶ》れるはずだと。それで、それがしは奉行所に品物を納めるよう便宜を図った。袖の下は伏見屋が何んとか商いに弾《はず》みがついた頃に届けられたのだ。その金は、ほれ、このおなごに遣った。そて親が労咳に倒れて、にっちもさっちも行かなくなっていたからだ。この見世はそれがしがお務めの憂さを晴らす唯一の場所だったのでござる」

どうして森川が、そんなことを自分に打ち明けたのか勝次郎にはわからなかった。袖の下を受け取るのは奉行所で半ば黙認されている行為だ。

外廻りの同心も、訪れる商家から何がしかのものを受け取っている。そうでなくては三十俵二人扶持《さんじっぴょうににんぶち》の家禄《かろく》だけでは暮らしが立ち行かない。奉公人もいれば小者《こもの》

（手下）もいる。武士の体面を保つためには万事金が要《い》った。

「油屋の橋本屋の出入りを止めたのは袖の下を出さなかったからでございますか」

「いかにも……いかにもと大威張りで言うこともあるまいな。あそこは、それだけではなかった。奉行所に納める品物を少なくして、当たり前の代金を請求したのだ。のう、奉行所で使う灯り油は毎月だいたい決まっていて、極端に増えたり減ったりはせぬものだ。樽で運び込まれるゆえ、中身を改めないだろうと踏んで、橋本屋は決まりの量より少ない油を入れて運んで来たのだ。ある日、不審を覚えて手つかずの樽を開けてみると、嵩《かさ》がやけに少なかったという訳だ。橋本屋は言い訳のように袖の下を出したが、それがしは承知しなかった」

森川は醒めた眼をして言った。

「津島屋も、その伝で行くと、伏見屋と同じような理由で森川さんが便宜を図ったのですね」

「あそこはお内儀が金遣いの荒い女で、芝居見物だの、寺のご開帳だのと理由をつけて出歩いてばかりだった。どうも間夫《まぶ》がいたらしい。去年だったか、お内儀はふっと家を出たまま行方知れずとなった。恐らく間夫と駆け落ちしたのだろう。お内儀は家を出る時、高利の金を借りていた。それがしは借金の返済について主から相談を受け、知恵を貸した。高利貸しをしているという噂はその辺りから出たものかのう。その後で主はお内儀の人別《にんべつ》を抜いて、後添えを迎えた。まあ、津島屋も色々あったが、この先は滞《とどこお》りなく商いを続けることだろう」

森川はしみじみした口調で言った。仔細がわかって勝次郎は大いに安堵《あんど》する気持ちだった。

「時に渋井《しぶい》のとせさんのことだが……」

森川は話題を変えるように続けた。渋井はとせの家の名字である。

「はい」

勝次郎は少し居心地の悪さを感じながら低い声で応えた。

「おぬしに大層ご執心の由」

「……………」

「なに、とせさんの兄貴から、それとなく話は聞いていたのだ。おぬしはまだ亡くなった人のことが忘れられない様子だから無理強《じ》いもできぬと悩んでおられた」

「渋井の義兄上《あにうえ》は森川さんにそのような話をされていたのですか」

余計なことを、と勝次郎は腹が立った。

「おぬしのことは皆が心配しておるのだ。ありがたいことではないか。亡くなった女房の姉や妹を後添えにするという話は世間でよく聞くことだ。そうすることで万事収まるのなら、結構なことだと思うぞ。頑《かたく》なにならず、これからのことを、ちと考えてみてはどうかの」

「拙者が頑なですか?」

勝次郎は、むっとして森川を睨《にら》んだ。

「それ、その眼がそう言っている」

森川は茶化すように言った。勝次郎は返答に窮し、勢いよく猪口の酒を呷《あお》った。

「戸田様。戸田様はまだお若い。森川の旦那は戸田様の上司であるとともに、人生の先輩でもありますよ。年寄りの言うことを素直にお聞きになれば、おのずとこれからのことも道が拓《ひら》けるというものですよ」

みとは酌をしながら、さり気なく口を挟《はさ》む。

「誰が年寄りだ」

森川はみとをきゅっと見た。あら、ごめんなさい、みとは笑いながら謝った。

「とせさんはおぬしと添えなければ、尼寺へ行くと言っているそうだ」

森川は真顔になった。

「そんな大袈裟《おおげさ》な」

勝次郎は眼を丸くした。その表情が可笑《おか》しいと、森川とみとは声を上げて笑った。

「それほど思われているとは、おぬしも果報者よ」

森川は笑顔で言う。

「とせさんという方は一途《いちず》なお人のようですね」

みとも、とせがいじらしいというような眼で言った。勝次郎の尖《とが》った気持ちは次第に萎《な》えて行った。

「拙者なりにとせさんのことを考えることに致します」

勝次郎は森川とみとのどちらにともつかずに言った。

「それがよろしゅうございますよ」

みとはほっと安心して笑顔になった。

「戸田。おぬしはこれから年番方を背負って立つ男だ。それがしのように穏やかでない噂が流れるようでは困る。目の前にある金は金ではない。紙ぺらと心得よ。高額な袖の下が差し出された時は断る勇気を持て。そして武士の本分を忘れるな。時々は剣術の道場へ出向き、竹刀《しない》を持つ機会を持て。大過なくお務めを全うした時、おぬしには安らかで倖せな後の人生が待っているというものだ」

森川が改まった表情で道を説くのは、それが初めてだったような気がする。小桜に立ち寄ってよかったと思った。

その夜は勝次郎も森川も、かなり酒量を過ごした。ようやく外に出た時、森川の足許は覚つかなかった。勝次郎は森川に肩を貸し、よろよろと八丁堀へ戻ったのだ。

六

勝次郎はその年の秋にとせと祝言を挙げた。

披露宴には森川も出席してくれた。だが、森川は年の暮に奉行へ致仕を願い出た。森川の息子は二十五歳で、定廻り同心を仰せつかっていた。森川が致仕しない内、待遇は見習いのままだ。森川は年が明ければ、ちょうど五十である。そろそろ隠居を考えてもよいと思ったのだろう。それが謹慎処分を受けていた間に考えたことだとしたら、勝次郎は何んとも皮肉な感じがしたものだ。

お務めを退《の》くとなったら、仕事の引き継ぎも簡単ではない。勝次郎は連日、奉行所に居残りをして、森川から後のことを教えられた。

そうして森川は年番方の仲間に惜しまれつつ、その年の大晦日で奉行所を致仕した。

大晦日まで仕事が繁忙を極め、おまけに送別の会だの、一年納めの会だのと宴会が続き、勝次郎は正月の三が日を、ほとんど寝て過ごした。もはや奉行所に森川はいない。これからは己《おの》れの才覚で年番方の執務を遂行しなければならないのだ。そのためにも、正月休みは体力を温存する必要があった。年始に廻らなければならない所も幾つかあったが、それはとせに任せた。

とせは存外に客あしらいに長《た》けた女だった。挨拶《あいさつ》の言葉も澱《よど》みなく、仲間から「なかなか頼もしい妻女でござるな」と勝次郎は後で褒められたものだ。

久江との嫁姑《しゅうとめ》の問題も今のところは起きておらず、勝次郎は森川の助言を聞いて、とせを迎えてよかったと思っていた。

とせは嫁いでから、よく笑うようになった。

それも勝次郎が帰宅を楽しみにする理由になった。

「旦那様、伏見屋さんから新年のご挨拶だとおっしゃって、酒樽が届きました。受け取ってよろしかったでしょうか」

年が明け、最初の出仕をして帰宅した勝次郎にとせが言った。森川から仕事を引き継いだので、伏見屋は今後ともよろしくという意味で付け届けをしたのだろう。奉行所の役人はそのように商家からの付け届けが多い。勝次郎は一升入りの菰《こも》樽か角《つの》樽を想像していた。

だが、伏見屋から届けられたのは一斗樽だという。

「まことか」

勝次郎は心底驚いた。

「ええ。お舅《とう》様はこれからしばらく晩酌の心配をしなくてよいと大層喜んでいらっしゃいましたよ。それから津島屋さんからは真岡《もおか》木綿の反物が五反、岩本町の笹屋《ささや》さんからは鈴木越後《すずきえちご》の羊羹《ようかん》の詰め合わせと佃煮《つくだに》の折を三ついただきました」

岩本町の笹屋とは、橋本屋から取り引きが移った灯り油屋だった。「鈴木越後」は高級菓子屋で、そこで扱う菓子は庶民がおいそれと口にできない。そのように高価な付け届けを受け取ってよいものかと、勝次郎は気持ちの負担を感じた。とせは勝次郎の思惑も知らず、話を続ける。

「何んでも、致仕された森川様は、今後、伏見屋さんへ時々お出かけになり、帳簿を改めてご商売の手助けをなさるご様子ですよ」

それで森川は今後のことを考え、勝次郎の家に酒の一斗樽を届けよと助言したのだろう。

「とせ。届けられた品にまだ手を付けていないな」

「ええ、それは。旦那様がお帰りになって、ご報告をしてからと思いまして、そのままにしております」

「今助と茂七を呼べ。付け届けの品を返すのだ」

勝次郎は大声で言った。つかの間、とせは不満そうな表情をした。家庭を守る女の立場で、あれこれと品物の配分を考えていたらしい。

「それらは、単なる付け届けではない。まいない（賄賂《わいろ》）だ。それを受け取った日には、おれはその商家に頭が上がらず、ろくに文句も言えなくなる。奉行所の役人として好ましくないことだ」

勝次郎はきっぱりと言った。とせは短いため息をつくと、茶の間へ行き、勝次郎の両親に勝次郎の言葉を伝えた。両親も大層がっかりしていたが、戸田家の主は勝次郎である。

主の意見に異を唱えることはできないと思ったようで、言う通りにしてくれた。

勝次郎は年番方与力と相談して、今後、奉行所出入りの商家は入札で決めることを提案した。一番安い価格をつけた商家を奉行所出入りにし、大幅な経費の節減を図った。

それにより、長年の赤字続きだった奉行所は借財を少なくすることに成功した。勝次郎はその功績により、北町奉行より報奨金を賜《たまわ》った。その金も勝次郎は私《わたくし》せず、年番方の慰労会などに遣った。

勝次郎のやり方を苦々しく思う人間も多かったが、長年の悪《あ》しき習慣を払拭《ふっしょく》できるよい機会だと信じて、勝次郎は頓着《とんちゃく》しなかった。

森川は、勝次郎がそこまで思い切ったことをするとは考えていなかったようだ。路上で出くわした時「伏見屋に話が違うと大層恨まれた。それがしの立場も、ちと考えて貰わねば困る」と、嫌味を言った。

「正々堂々とせよとおっしゃったのは森川さんでございますよ。拙者はこれでよかったと思っておりまする。森川さんの助言がなかったら、拙者はさして考えることなく、まいないを受け取って私腹を肥やすところでした」

「まいないなどと人聞きの悪い。とせさんは日々の暮らしに往生することになったでしょうな。こんなはずではなかったと」

「妻は両親と奉公人ともども、日々、内職に励んでおりまする。それによって奉公人の給金も捻出《ねんしゅつ》できますし、倹約の精神も自然に育っておりまする。森川さん、どうぞご心配なく」

　勝次郎は笑顔で応えた。

「これほど頭の固い男とは思わなんだ」

　森川は不愉快そうな顔で立ち去った。勝次郎は森川に対して、悪い感情を抱いていた訳ではなかった。今でも森川の算勘の技には敬意を表しているつもりだった。だが、務めの中身を知れば知るほど、勝次郎の中にこれではいけない、何んとかせねばという気持ちが芽生えたのだ。

　正々堂々――その言葉が勝次郎の座右の銘《めい》ともなっていた。


「旦那様。よいお天気でございますね」

　非番の日、勝次郎が縁側で所在なく庭を眺めていると、とせが茶を運んで来て、そっと声を掛けた。

「そうだなあ」

　とせの腹はぷっくりと膨《ふく》らんでいる。岩田帯《いわたおび》を巻いて久しい。来年の春には待望の子供が生まれる予定だった。正月から季節の変化も気にすることなく務めに励んでいた勝次郎である。庭に植わっているもみじが紅葉して、ようやく秋の季節を噛《か》み締めていたところである。

とせと一緒になって、ちょうど一年が経《た》っていた。

「昨日、与力の坂上《さかがみ》様に通りでお会いしたのですよ。坂上様は旦那様のことを大層褒めていらしたので、わたくしも鼻が高《た》こうございました」

与力の坂上様とは勝次郎の上司のことだった。勝次郎はその坂上と一緒に奉行所出入りの商家の刷新を図ったのだ。

「しかし、そのお蔭《かげ》でお前には苦労を掛けることとなった」

「そんなこと、苦労などとは思っておりません。旦那様が付け届けを受け取らないとわかると、商家の方は代わりにお庭で拵《こしら》えた青物を持って来て下さったり、到来物のお裾《すそ》分《わ》けにもいらっしゃいます。わたくしにいちいち念を押すのですよ。これは戸田様に受け取っていただけますね、と。わたくし、何んだか可笑しくて」

とせは愉快そうに笑った。

「付け届けなど、それぐらい気を遣ってちょうどよいのだ。人間は欲深ないきものだから、一度よいものを貰えば、次もほしくなる。さらによいものをと願ってしまうのだ。最後には人に後ろ指を差される事態となるやも知れぬ。正々堂々としておれば、良心の呵責《かしゃく》はない」

「本当にそうですね。でも、人はそれぞれですから、ご自分の流儀をあまり他人に押しつけるのはいかがなものでしょうか。定廻り方は小者を使っている手前、旦那様のようには参りませんでしょうから」

とせはちくりと釘を刺す。

とせも自分のことを融通が利かないと思っているのだろうか。勝次郎は少しだけ意気消沈した。

「この家では」

とせは赤過ぎるもみじを眩《まぶ》しそうに見ながら言葉を続けた。

「旦那様のお考え通りでよろしいと思います」

とせの言葉に勝次郎は、ふっと笑った。

「恩に着る」

とせはそれから、思わぬことを言った。

「来年の春、桜が咲いたら、お花見に連れて行って下さいまし」

「え?」

「姉上は旦那様とお花見をして、大層楽しかったと申しておりました。だから……」

「……」

「桜を見たら姉上を思い出してお辛《つら》い気持ちになるのでしょうか」

とせは視線を地面へ向けて寂しそうに言う。

「りよは、もはやこの世にいない。おれの妻は、とせ、お前だ。余計なことは考えるな」

勝次郎は声を荒らげてとせを叱《しか》った。

「それでは旦那様。わたくしとお花見されてもよろしいのですね」

「お前が是非にも行きたいと言うなら、一緒に行こう」

「嬉しい！　きっと、きっとですよ。約束して下さいね」

とせは眼を輝かせた。

「わかった。とせ、おれもお前に約束してほしいことがあるぞ」

「何んでしょうか」

そう言ったとせの視線を避け、勝次郎は咳払いをして、おもむろに口を開いた。

「男でも女でも構わぬから、とにかく無事に子を産んでくれ。無事にだぞ。お産で命を落とすことはならぬ」

今の勝次郎がとせに約束してほしいのは、ただそれだけだった。とせは感極まった様子で涙ぐみ「承知致しました」と、くぐもった声で応えた。

とせは勝次郎と約束した通り、翌年の二月に男子を出産した。生まれた子は勝右衛門が長考の末、勝之進《しょうのしん》と名づけた。勝之進に乳を与えなければならないので、残念ながら、その春、とせと一緒の花見はできなかったが、勝次郎は奉行所の朋輩《ほうばい》達と向島《むこうじま》へ出かけた。

薄紅色の桜の下で弁当を拡《ひろ》げ、花見酒に酔いながら、勝次郎は、なぜか亡妻のりよのことではなく、小桜のみとと森川のことを考えていた。二人はどうなったのであろうかと。

伏見屋とのことで森川には恨まれる結果となってしまった。勝次郎はそれをみとにうまく取りなしてほしかった。

きっとみとは「高額な袖の下を差し出されたら断る勇気を持てとおっしゃったのは森川の旦那ですよ。戸田様がお役所の中を改めなすったのも旦那のお言葉に従っただけじゃないですか。それを今さら四の五の言っても始まりませんよ。戸田様はご自分の信じた通りになさればよろしいのですよ」と言ってくれたはずだ。

だが、小桜に行ってみると、表戸は閉まっていた。近所の話では病の父親が亡くなり、みとは弔いを済ませると、見世を畳んでどこかへ引っ越して行ったらしい。それからみとの噂は聞かないという。森川と顔を合わせる機会もなくなったので、詳しい事情はわからなかった。

満開の桜の下で花見酒に酔い、仲間の一人がおどけた調子で踊ると、勝次郎は手拍子を取り、声を上げて笑った。

場所が違うせいか、りよの面影が勝次郎の脳裏をよぎることもなかった。それが我ながら不思議だった。勝次郎はようやく新たな人生を歩み出せたのかも知れない。それにしても、二年前のあの時、なぜ勝次郎はみとの見世に立ち寄る気になったのだろうか。知らない見世に一人で入ることなど、それまでの勝次郎にはなかった。小桜という屋号を見た途端に、ふらふらと引き寄せられたような気がする。いや、なびいたのだ。

小桜の屋号の謂《いわ》れも、とうとう知らず仕舞いとなってしまった。みとに酌をされながら、屋号の謂れを聞く機会があったなら、どれほど勝次郎の気持ちは癒されただろうか。小桜のような見世をなじみに持っていてもよかったのに、と勝次郎は思う。みとは桜の花のような女だったと、今さらながら感じる。ぱっと咲いて、ぱっと散って……この先、江戸のどこかで再びみとに会えるだろうか。その望みは少ないけれど、勝次郎は辛抱強く待っているつもりだった。

　踊っていた者が足を滑らせて引っ繰り返ると、どっと笑いが弾《はじ》けた。勝次郎も腹の皮がよじれるほど笑った。笑いながら顔を上げれば、頭上は陽の目も見えないほど桜の花びらで覆い尽くされている。その時、勝次郎の耳に聞こえたのは、息子の勝之進の泣き声だったような気がする。

（勝之進、ととはもうすぐ帰るからな。いい子で待っておれ）

　勝次郎はそっと胸で呟いた。

隣りの聖人

一

　もうすぐ町木戸が閉じられようとする夜の四つ（午後十時頃）近くになって、日本橋・小舟町《こぶなちょう》一丁目の古びた仕舞屋《しもたや》に呉服屋「一文字屋《いちもんじや》」の主《あるじ》とお内儀《ないぎ》、息子、娘の一家四人はようやく到着した。梅雨《つゆ》が明けた後の猛暑が江戸を襲っていた。両国広小路《ひろこうじ》に近い米沢町《よねざわちょう》から家財道具を山と積んだ大八車《だいはちぐるま》を引いて来た四人は誰《だれ》しも全身を汗みずくにしていた。

「え、ここなの？　ここがこれからあたし達が暮らす家なの？」

　十四歳になる娘のおいとが不満そうな声を上げた。その仕舞屋があまりにみすぼらしかったせいだろう。おいとは地黒で、少し受け口の娘である。だが、同じ年頃の娘達の中にいると、妙に目立って見える。商家の娘に生まれ、今までは何不自由なく暮らして来たので、鷹揚《おうよう》なものが備わっているからだろう。

「そうだよ。ちょいと古いが立派な一軒家だ。隣りの物音を気にせずに暮らせるだけでもありがたいよ」

一文字屋のお内儀のおりつは娘をいなすように応《こた》えた。三十六歳のおりつは痩《や》せ型の、すっきりとした容貌《ようぼう》をしているので、米沢町界隈《かいわい》では美人のお内儀として評判が高かった。

「辰吉《たつきち》、荷物を運べ」

大戸《おおど》を開けると、一家の主である惣兵衛《そうべえ》が十七歳の息子の辰吉に言いつけた。惣兵衛は四十二歳である。一文字屋に十二歳から奉公し、手代、番頭と出世して、一文字屋のひとり娘のおりつの婿《むこ》となった男である。おりつの父親は惣兵衛の真面目《まじめ》さを見込んで娘の婿に迎えたのだ。そのせいで、惣兵衛はおりつに対し、普通の亭主のように居丈高《いたけだか》なもの言いはしたことがない。

しかし、息子や娘に対しては別だ。辰吉とおいとには口うるさく頑固な父親だった。

辰吉は、うぃッと妙な声で応じた。はいと言ったつもりなのだろう。おりつ似の色白の顔には赤い面皰《にきび》が目立つ。

「ささ、おいとも手伝って」

おりつは首から下げた手拭《てぬぐ》いで顔の汗を拭《ふ》くと娘を急《せ》かした。

「お前さん、先にお蒲団《ふとん》を運んでおいてよかったですね。この荷物にお蒲団を積み上げたんじゃ、ろくに前も見えなかったですよ」

おりつは柳行李《やなぎごうり》を下ろしながら言う。惣兵衛は相槌《あいづち》の代わりに短いため息をついた。単衣《ひとえ》の裾《すそ》を尻端折《しりっぱしょ》りした恰好《かっこう》は引っ越しのためとはいえ、呉服屋の主にはとても見えない。そもそも、そんな姿はおりつや二人の子供達に初めて見せるものだった。

「雨露《あめつゆ》を凌《しの》げる家があるだけでもましですよ。これから親子四人が何んとか一緒に暮らせるんですもの、倖《しあわ》せじゃないですか。まかり間違えば、あたしら、親子心中しなけりゃならなかったかも知れませんもの」

おりつは誰にともなく続けた。

「でも、明日になったら米沢町は、うちの噂《うわさ》で持ち切りになる。一文字屋はとうとう夜逃げを決め込んだってね。おけいちゃんもおそでちゃんもあたしのことを心配して泣くかも知れない」

おいとはそう言って喉《のど》を詰《つ》まらせた。おけいとおそでは、おいとのなかよしの友達だった。

「泣くもんか。ざまァ見ろって思うだろうよ」

辰吉が皮肉な調子で言う。

「ひどい。兄さんがお父《と》っつぁんの商売を真面目に手伝っていたら、こんなことにはならなかったはずよ」

「何んでおいらのせいなんだよ。番頭が店の金を持ってトンズラしたからじゃねェか」

「兄さんが遊び回っていたから、番頭さんの様子に気がつかなかったんじゃない」

「あんな者にさん付けするな。あいつは盗人《ぬすっと》だ。今にしょっ引《ぴ》かれて晒《さら》し首《くび》になるわ」

「盗みを働いただけじゃ晒し首にならないと思うけど」

「お前、知らねェのか？　十両以上を盗めば死罪になるんだぜ。おまけにお父っつぁんを虚仮《こけ》にした罪は重い。晒し首でも足りねェよ」

「それもそうだけど」

「辰吉、おいと、手がお留守だ。さっさと運びな。ぐずぐずしていると夜が明けてしまう」

惣兵衛の言葉に二人は、ひょいと肩を竦《すく》め、それから何も言わず荷物を運んだ。

小半刻《こはんとき》（約三十分）後に、何んとか家の中に荷物を運び入れたが、その荷物の整理まではできなかった。茶の間に蒲団を並べるのが精一杯だった。

ひと息つくと、辰吉が空腹を訴えた。早めに外で晩めしを済ませたので、その時刻になると辰吉だけでなく、他の三人も小腹が空《す》いていた。

「腹減った」

「困ったねえ。食べ物屋さんは、とうに店を閉めてるだろうし」

おりつは眉間《みけん》に皺《しわ》を寄せて困り顔した。

「ここは日本橋に近い町中だから、夜鳴《よな》き蕎麦《そば》屋がそこら辺にいるんじゃねェかな。おいら、ちょいと外を見てくるぜ」

辰吉は夜遊びしていたせいもあり、そういうことになると機転を利かせる。土間口から出て行く時、ふと気づいたように「おっ母さん、蕎麦代はあるよな」と、確かめるように訊《き》いた。

「見損《みそこ》なうんじゃないよ。たといお店が潰《つぶ》れても、たかが一人前十六文の蕎麦代にや事欠《ことか》かないよ」

おりつは豪気に言い放つ。惣兵衛はその拍子に、ぐふっと咳《せ》き込むような声で笑い声を立てた。

仕舞屋を世話してくれた小舟町の差配は流しの水瓶《みずがめ》に井戸の水を入れてくれていた。惣兵衛は汚れた顔と手を洗い、手拭いで顔を拭いたところだった。後で自分達も、ざっと顔を洗おうと、おりつは思っていた。

「お父っつぁんがようやく笑った。お父っつぁん、兄さんが息子でよかったね。よその息子なら、こんな時、塞《ふさ》ぎ込んで目も当てられないもの。極楽とんぼでも役に立つこともあるんだね」

おいとは嬉《うれ》しそうに言う。

「だあれが極楽とんぼよ。張り飛ばすぞ、このう！」

辰吉は荒い声を上げて勢いよく外へ飛び出して行った。

「とり敢《あ》えず、お茶を淹《い》れようかね。お茶の水は用意して来たから」

おりつは荷物をがさごそさせて、角樽《つのだる》を引き出した。元は酒が入っていたものだが、蓋《ふた》がついていたので水を入れて荒縄で縛っていたのだ。

「あら、結び目がきつい。お前さん、ちょいとほどいて下さいな。あたしは火鉢でお湯を沸かしますから」

おりつは長火鉢の灰を掻《か》き寄せ、その上に五徳《ごとく》を載せると、火打ち石を使って付《つ》け木《ぎ》に火を点《つ》け、それを火種に炭を熾《おこ》した。

「さ、縄をほどいたよ」

物兵衛が言うと、おりつは「ありがと」と応え、年季の入った鉄瓶に水を張り、火鉢の上に置いた。

ほどなく、辰吉は夜鳴き蕎麦屋の屋台を引き連れて戻って来た。

「ちょうど荒布橋《あらめばし》の袂《たもと》に屋台が出ていたよ。四人分頼むから来てくんなと言ったら、すんなり承知してくれたよ」

辰吉は笑顔で言う。

「でかした兄さん」

おいとが褒《ほ》める。辰吉は鼻の下を人差し指で擦《こす》り「あた棒よ」と、得意そうに応えた。

この暑さだから、本当は冷たい蕎麦のほうがいいのだが、贅沢《ぜいたく》は言っていられない。四人は汗を噴き出しながら、熱いかけ蕎麦を啜《すす》った。

蕎麦を食べ終え、夜鳴き蕎麦屋の屋台が引き揚げると、四人はようやく人心地《ひとごこち》がついた。

「熱いお蕎麦を食べて、どっと汗を流したら、不思議ですね、涼しくなりましたよ」

おりつはそう言って惣兵衛に茶を勧めた。

「明日は大八車を返して、寄合《よりあい》の長《おさ》の中田屋《なかたや》さんへ挨拶《あいさつ》して、それから……」

惣兵衛は翌日の段取りをあれこれ思案する。

「お前さん、辰吉と一緒にお行きなさいましな。聞きたくないことも聞かなきゃなりませんから、辰吉が傍《そば》にいれば、まだしも気は楽ですよ」

おりつはそう言ったが、惣兵衛は返事をしない。息子に哀れな姿を見せたくないという気持ちがあったのだろう。

「おいら、一緒に行ってもいいぜ、どうせ引っ越しして来たばかりで遊ぶ気にもなれねェしよ」

辰吉は呑気《のんき》な調子で言う。その拍子に惣兵衛は子供達へ向き直った。

「辰吉、おいと。わしの言うことをよく聞いておくれ。お前達はもはや一文字屋の坊ちゃんでもお嬢さんでもない。先々代から数えて六十年も続いた一文字屋を潰してしまったのは、ひとえにわしの不徳の致すところだ。おりつには心底すまないと思っている。この先は行商でも何んでもして、わしはお前達をとにかく食べさせて行く覚悟だが、あれがほしいだの、これがほしいだのと我儘《わがまま》は言わないでおくれ。これからは今までとは違う暮らしになるのだ。いいね、それは了簡《りょうけん》しておくれよ」

惣兵衛は涙ぐみそうになるのを堪《こら》えて言った。おいとはおりつの膝《ひざ》に顔を埋《うず》めて泣いた。

「ほらほら、泣いたって始まらない。お父っつぁんは何も悪いことなんてしていないんだ。色々、噂をする人がいても知らん振りをしていることだ。他人様は勝手なことしか言わないものだからね。きっと、その内、いいこともあるよ。神さん仏さんは、こんなあたしらをちゃんと見ているからさ」

おりつはおいとの背中をぽんぽんと叩《たた》いて宥《なだ》めた。

「おっ母《か》さんは結構、気丈な女だったんだね。おいら、見直したぜ。本当はお父っつぁんの胸倉摑《つか》んで、どうしてくれるんだと喚《わめ》くのかと思っていたよ」

辰吉は感心したように言う。

「どうしてあたしが喚くのさ。お父っつぁんは一文字屋のために真面目に働いてくれたた。番頭の忠助《ちゅうすけ》はお父っつぁんより年上で、あんた達のお祖父《じい》ちゃんに仕えた人だから、お祖父ちゃんの信頼も篤《あつ》かった。まさか、掛け取りのお金を持ち逃げするなんざ、あたしらは夢にも思わなかったんだよ。だからね、店が潰れたのはお父っつぁんのせいじゃないんだよ」

「番頭に女がいたって話だぜ」

辰吉は訳知り顔で言う。

「本当かい」

おりつは驚いた表情で息子の顔をまじまじと見た。

「ああ。飲み屋の酌婦よ。番頭は仕事を終えた後で女のいる見世《みせ》に通っている内、そんな仲になったらしい。だが、その女も喰《く》わせ者で、後ろに亭主のひもがいたらしい。亭主は番頭を脅《おど》して金を巻き上げようとしたのよ」

「お前、どこでそんな話を仕入れたんだえ」

「ダチが喋《しゃべ》っていたよ。おいら、十両ぐらいはふんだくられるのかなと思っていたが、どうしてどうして二百五十両とは、お天道様《てんとさま》でもご存じあるめェというものよ」

辰吉は米沢町の商家の息子達とつるんでいることが多かった。暇さえあれば湯屋の二階の座敷で遊びの算段をしていた。恐らく番頭の忠助の噂も友人達との世間話から仕入れたものだろう。

「お前、そのことをすぐにお父っつぁんに言えばよかったんだよ。そうすれば、すんでのところでお店は助かったかも知れないじゃないか」

今さら無駄とわかっていても、おりつは言わずにいられなかった。

「言ったさ。だが、お父っつぁんは面と向かって番頭を問い詰めることができなかったんだ。何しろ、三十年以上も一文字屋を仕切って来た一番番頭だからさ。お父っつぁんも半信半疑だったんだよ」

「そうなんですか」

おりつは切羽詰まった顔で惣兵衛に訊く。

惣兵衛は俯《うつむ》きがちになって「辰吉の言う通りだ」と低い声で応えた。

「それにしても額が大き過ぎる。あたしには、ただの脅しとは思えませんよ」

「今度会ったら、番頭の奴《やっ》、ぶっ殺してやる！」

おいとが息巻いた。

「ふん、その内に柳原《やなぎわら》の土手辺りで番頭は首縊《くく》りでもしているのが見つかるだろうよ。店の金を持ち出しても、あらかた女の亭主に取られただろうし」

辰吉は小意地の悪い表情で吐き捨てた。

「忠助のところはおかみさんと娘三人でしたよね。お前さん、あちらの家はどうなっているのですか」

おりつは、ふと思い出して惣兵衛に訊いた。

「泣きの涙で謝っていたよ。申し訳ないってね。わしはかみさんの顔を見ていたら、それ以上、何も言えなかった。師走《しわす》の半ばにかみさんは忠助から離縁状を渡されたそうだ。理由を訊いても何も応えなかったらしい」

「覚悟の上でお店のお金に手をつけたのね。ひと言、打ち明けてくれたら手立てもあったでしょうに」

「もう済んだことだ。おりつも諦《あきら》めておくれ」

惣兵衛は吐息交じりに言うと、蒲団にころりと横になった。

「ささ、あたしらも休むとしようか。辰吉、くれぐれもお父っつぁんの力になっておくれよ。今はお前が頼りだから」

「おいらに何ができるって。まあ、お父っつぁんが早まったことをしねェように見張るだけだ」

辰吉は面倒臭そうに応える。

「わしは早まったりなどせん。見損なうな」

怒気を孕《はら》んだ惣兵衛の声が聞こえた。辰吉は赤い舌を出して、ひょうきんな顔をした。

おりつは、くすりと笑った。

二

翌朝、惣兵衛は辰吉と一緒に大八車を返しに出かけた。その後で寄合の長の家に回るので、帰りは夕方になりそうだと言っていた。

男達がいない間に、おりつはおいとと一緒に家の中の片づけと掃除をした。荷物を納めるべき所へ納め、はたきと箒《ほうき》で埃《ほこり》を取り除き、最後は雑巾《ぞうきん》掛けをした。けばの立った畳はどれほどの月日が経《た》っていたものか見当もつかなかった。おいとには二階の部屋の掃除を任せた。その仕舞屋は二階家で、二階に六畳間の部屋がふたつあった。辰吉とおいとの部屋にしようと、おりつは心積もりしている。

奥歯を嚙《か》み締め、雑巾掛けをしていると、不意に込み上げるものがあった。いったい、どうしてこんなことになったのか、考えても考えてもおりつには理解できなかった。

前年の師走に番頭の忠助は外に出かけることが多かった。朝出かけたきり、暖簾《のれん》を下ろす時刻まで戻らなかったこともある。その時は、さすがに気が咎《とが》めたのか、惣兵衛にあれこれと言い訳していたが、何んだか落ち着きがなかった。

あの頃から忠助の様子はおかしかったのだ。

そして大晦日《おおみそか》に忠助は掛け取りを手代や他の番頭に命じていたが、いずれも小さな取り引きの客ばかりで、大口の客は忠助が自ら出向いて金を集めていた。下谷《したや》の武家屋敷は祝言があったので、花嫁衣裳《いしょう》、裃《かみしも》、紋付、袴《はかま》と百両を超える金が支払われたはずだ。それから、懇意にしている花火職人のお仕着《しき》せ三十人分、町内の鳶《とび》職の頭《かしら》からは祭り半纏《ばんてん》二百人分、すべて合わせると二百五十両もの金を持って忠助は行方を晦《くら》ましたのだ。

一文字屋は幕府の奢侈禁止令《しゃしきんしれい》の煽《あお》りを喰って、売り上げは以前より落ちていた。二百五十両の金を集めても、半分以上は仕入れに消える。残りの金で、正月に客に配る年玉物の手拭いを誂《あつら》え、運上金《うんじょうきん》（税金）、奉公人の給金を支払えば、残りは正月の仕度をする金しか残らないのだ。それでも何事もなければ店は続けられたはずだ。

忠助が金を持ち逃げしたことで、すべての歯車が狂ってしまった。仕入れの金を待って貰《もら》うことはできても、運上金は待ってくれない。奉公人の給金も支払わずにはいられない。花見の季節までどうにか持ちこたえたが、その先の目処《めど》が立たなかった。

物兵衛は奉公人に暇を出し、店と住まいを手放さなければならなくなった。店に残っていた品物を寄合に掛け合って引き取って貰い、小舟町へ引っ越しする段取りをつけたのは、つい十日ほど前のことだった。

米沢町の店は大戸を下ろしていたから、近所は何かを察していたはずだが、惣兵衛もおりつも余計なことは一切喋らなかった。大戸を下ろした店の中で物音を立てないように荷物の整理をし、惣兵衛は夜になってから小舟町へそろそろと荷物を運んでいた。そうして、昨夜、近所に引っ越しの挨拶もせずに米沢町からこっちへやって来たのだ。それを夜逃げと言わずに何んと言おうか。おりつはわが身の不運をつくづく嘆《なげ》いていたが、惣兵衛の顔を見ると何も言えなかった。おりつと一緒になり、一文字屋の主に直っても惣兵衛は、派手に遊ぶことはなく、女を作っておりつを泣かせたこともない。よい夫だった。そんな惣兵衛をどうして詰《なじ》られようか。だが、先祖代々の店を潰して、どうしてくれるのだと言えたら、おりつはまだしも気が楽だったろう。

言えない言葉は澱《おり》のようにおりつの胸の中に溜《た》まっていた。しかし、しなければならないことがおりつにあった。それは二人の子供を一人前にすることだった。辰吉にはとにかく真面目に働くことを言い聞かせ、自分の力で生きてゆく男になって貰いたい。おいとは人並に仕度をして嫁に出さなければならない。その責任を果たさなければ母親としての自分の務めは終わらないのだ。

おりつは前垂れを口許《くちもと》に押し当て、声を殺してしばらく泣いた。惣兵衛や子供達の前では泣いてはいけないと肝に銘じていたから、つかの間、一人になった時、気が弛《ゆる》んだのだ。

泣いた後は少しさっぱりした。

おりつは洟《はな》を啜った後で、黒ずんだ大黒柱をぼんやり眺めた。そこを雑巾掛けしたら、さぞかし雑巾に真っ黒な汚れがつくだろうと思いながら。

「おっ母さん、おっ母さん」

おいとが勢いよく階段を下りて来た。

「お掃除は済んだのかえ」

おりつは我に返ったような顔でおいとに訊いた。

「ううん、まだ。それより、この家の隣りが裏店《うらだな》になっているのよ。知っていた?」

「ああ。この家を紹介してくれた差配さんも、そんなことをおっしゃっていたからね」

差配の与四兵衛《よしべえ》は、義三郎店《ぎさぶろうだな》と呼ばれる裏店の大家でもあった。

行ったのよ」

「それでね、その裏店の一軒から、それはそれは立派な身なりをした男の人が出て行ったのよ」

おいとは興奮して鼻の穴をぴくぴくさせて言う。

「よそから来たお客様じゃないのかえ」

おりつはさして興味のない様子で雑巾掛けを続けた。

「それが違うのよ。その人も裏店に住んでいるみたいなの。兄さんと同じぐらいの息子さんも一緒だった。息子さんは白絣《しろがすり》の単衣に縞《しま》の袴《はかま》を穿《は》いて、高下駄《たかげた》をカツカツ鳴らしていたのよ。見送る奥様と女中さんもきれいな恰好をしていた。あたし、裏店にもこんな人達がいるのかと驚いちゃった」

おいとの話を聞いて、おりつも怪訝《けげん》な思いがしてきた。そもそも裏店とは日々の暮らしだけで精一杯の人々が住む長屋である。裏店は通りの裏手に建てられていることが多いので、通りに面している家を表店というのに対して裏店と呼ばれるのだ。そういう所に身なりの立派な御仁《ごじん》が住んでいるとは、俄《にわか》に信じ難かった。

「お家が没落したのかしら。それならあたしの家とおんなじね」

おいとは無邪気に続ける。

「何か事情があるのだろうねえ。ま、それはいいから、早く掃除をしておしまい。

お昼を食べたらご近所へ挨拶廻《まわ》りをしなけりゃならないから」

「裏店も廻る？」

「そうだね。手拭いが三十本ほどあるから廻ろうか。手拭いは皆さんが喜んで下さるはずだからね」

正月の年玉物にした手拭いの残りが思わぬところで役に立った。今年は番頭の一件があったので年始廻りもろくにしなかった。それで残りも多かったのだ。

「うん」

おいとは張り切った声で応えた。

佃煮《つくだに》と漬物をお菜に茶漬けの中食《ちゅうじき》を済ませると、二人は近所に引っ越しの挨拶に行った。

小舟町界隈はふたつの堀に挟まれた地域である。本町通りに近いせいもあり、小商いの店も軒《のき》を連ねている。魚屋も八百屋《やおや》もあるので買い物には便利な所だった。

挨拶をして手拭いを差し出せば、皆、喜んで受け取ってくれた。表通りの家々の挨拶を終えると、おりつとおいとは裏店の門口をくぐり、義三郎店に入った。陽射《ひざ》しが翳《かげ》り、何やら湿っぽい。それでも、中は静かだった。

五軒長屋が向かい合う形で二棟建てられている。留守の所が何軒かあった。恐らく独り者の住まいだろう。そこは後回しにして、おいとの言っていた例の住まいの土間口前に立ち、おりつは中へ声を掛けた。油障子は開いていた。上がり框《がまち》の傍に目隠しの衝立《ついたて》が置いてあったので、おりつは少し驚いた。裏店に水墨画の衝立があるなど、見たことも聞いたこともない。おいとの話は本当らしい。

台所にいた若い娘が、すぐに前垂れを外しながら現れ「お越しなさいまし」と、三つ指を突いて丁寧に頭を下げた。二十歳《はたち》前後の娘は涼しげな眼をしていた。くっきりとした眉《まゆ》が利発そうに見える。紺無地の単衣に茜《あかね》色の半巾帯《はんはば》を締めた質素な恰好だった。

「お忙しいところ申し訳ございません。あたしどもは昨夜、表通りの家に引っ越して来た者でございます。あたしはおりつで、こちらは娘のおいとでございます。他《ほか》に亭主の惣兵衛と息子の辰吉がおりますが、本日は用事があって外に出ておりますので、ご挨拶は失礼させていただきます。あの、これはつまらない物ですが、ご挨拶のおしるしに」

おりつは熨斗紙《のしがみ》で巻いた手拭いを差し出して言った。

「ご丁寧にありがとう存じます。少しお待ち下さいませ。母を呼んで参りますので」

娘はそう言って腰を上げた。

「おっ母さん、あの人、この家の娘さんだったのね。あたしはてっきり女中さんだとばかり思っていた」

おいとは小声で言った。

「裏店住まいで女中なんて置けるものかえ」

おりつも小声で応える。

「それもそうだね」

ほどなく娘の母親が現れたが、おりつは今度こそ驚いた。ほつれ髪一本ない丸髷《まるまげ》の頭、薄紫の絽《ろ》の着物、紺の紗《しゃ》の帯と、隙《すき》のない着こなしである。いったい、この一家は何者だろうか。

「わざわざのご挨拶、恐縮に存じます。わたくしは相馬正江《そうままさえ》と申します。こちらは娘の琴江《ことえ》でございます。主の相馬虎之助《とらのすけ》は、ただ今、息子の福太郎《ふくたろう》とともに尾張様《おわり》のお屋敷へ講義に出かけております。戻りましたら、お宅様のことはお伝えしておきましょう。ご苦労様でございました」

四十半ばと思われる正江という女は、すらすらと挨拶の口上を述べると、さっさと奥に引っ込んでしまった。おりつは呆気《あっけ》に取られた。琴江はそれに気づくと「お内儀さん、驚かれましたでしょう」と、含み笑いを堪える顔で言った。

「いえいえ、ご立派なお母様でございます。あたしもご近所にこのようなご立派な方がいらして鼻が高いというものです」

おりつは取り繕うように応えた。

「以前は藩のお殿様からお屋敷を拝領しておりましたが、火事に遭い、お屋敷が再建される間、こちらにご厄介になっておりました。わたくしどもも、ほんの仮住まいと思っておりましたが、その後、藩は跡目相続の争いが表沙汰《おもてざた》となり、上様のお怒りを買って改易《かいえき》（取り潰し）となったのでございます。行くあてもなく、もはや三年もこちらに住んでおります。幸い、父は尾張様と安藤様のお引き立てがあり、時々講義に訪れ、日々の生計を立てておりますが、新たな家まではとてもとても……」

琴江は自分の家の事情を俯きがちに話してくれた。

「お気の毒に」

おりつも低い声で応えた。

「お姉さん、あたしの所も番頭にお金を持ち逃げされて仕方なく米沢町からこっちへ引っ越して来たんですよ」

おいとは琴江を慰めるつもりなのか、そんなことを言った。「これッ」と、おりつはおいとを制した。

「余計なことを喋らなくていいんだよ」

「でも……」

おいとは不満そうな顔をした。琴江がその拍子にふわりと笑顔を見せた。

「おいとちゃんはよい娘さんですね。言い難《にく》いことを打ち明けていただいてありがとう。これからわたくしとなかよくしましょうね」

「本当？」

おいとの声が弾《はず》んで聞こえた。

「ええ、本当ですよ」

「嬉しい」

おいとは無邪気に笑った。

「一文字屋さんでいらっしゃいますか？　確か米沢町の呉服屋さんでしたね」

琴江は手拭いの熨斗紙の上書きを見て言った。

「まあ、ご存じでしたか」

小舟町にも自分の店を知っていた人間がいたことは嬉しいというより、おりつは何やら居心地が悪かった。できれば一文字屋の名は知られたくなかった。熨斗紙を剝《は》がすべきだったと後悔していた。

「父は以前、一文字屋さんで着物を誂えておりました。ここしばらくは、新しい着物を誂える余裕もございませんでしたが」

だが、琴江は笑顔でそう言った。

「まあ、相馬様がうちの店のお客様だったんですか。気づきませんでご無礼致しました」

おりつは慌てて頭を下げた。

「いえいえ、もはや名ばかりの客でございます」

「そんなことはありません。一度でもうちの品物をお求めいただいた方は、いつまでもお客様でございますよ」

「こちらに引っ越しされたのは色々ご事情がおありのようで」

琴江はおいとの言葉を思い出したようにやんわりと言った。

「さようでございます。せっかくお客様にお会いしたというのに、一文字屋はもう……」

おりつは胸が詰まって言葉が続かなかった。

「お内儀さん、お力を落とさずに」

琴江は気の毒そうな眼でおりつを慰めてくれた。

「ありがとう存じます。ご挨拶に伺ったのに湿っぽい話をしてしまいました。どうぞお許し下さいまし」

おりつは洟を啜ると一礼して、その住まいを後にした。琴江は土間口まで出て見送ってくれた。いい娘だと、おりつはしみじみ思った。しかし、おりつは琴江に不《ふ》憫《びん》なものも感じた。あの母親は、どうも家の中のことをしている様子がない。琴江は家族のために家事万端を引き受けているのだろう。そのために婚期を逃しているような気がしてならなかった。三つ指を突いていた琴江の手は水仕事で荒れていた。これから琴江はどうなるのだろうと、他人事ながら心配になる。それにしても、世の中は様々な人間がいるものだと、おりつは改めて思った。

三

挨拶回りを済ませた後、おりつはおいとを連れて近くの湯屋へ行き、その帰りに豆腐屋と八百屋に寄って、晩めしの買い物をした。

おいとは町の様子に興味津々で、めそめそする暇もなかった。それにはおりつも大いに安心したものだ。晩めしのお菜は惣兵衛の好きな冷奴《ひややっこ》と青菜のお浸《ひた》し、それに大根の味噌汁《みそしる》だった。

外から惣兵衛と辰吉の声が聞こえたので、二人が戻って来たのだと思い、おりつは慌てておいとに箱膳《はこぜん》を並べるよう言いつけた。

四人分の箱膳を並べ、それぞれにお菜を盛りつけても、惣兵衛と辰吉は一向に家の中に入る様子がなかった。

おりつは気になって、そっと土間口に下りてみると、惣兵衛は儒者《じゅしゃ》のような男と通りで立ち話をしていた。

男は白っぽい着物の上に紺の透綾《すきや》の羽織を重ね、下は縞の袴の恰好である。大層涼しげな装いだった。傍に白絣の着物に袴姿の少年がいた。惣兵衛は男と顔見知りらしかった。

それにしても惣兵衛の表情は浮かなかった。

「一文字屋さん、それはおかしいですよ。もう少し調べる必要があるのではないですか」

男はよく通る声で惣兵衛に言っていた。辰吉も二人の話に熱心に耳を傾けている。

白絣の少年だけが退屈そうに欠伸《あくび》を洩《も》らしていた。

「しかし、相馬様。調べろとおっしゃられても、手前にはどうしてよいやら見当もつきません」

「これはわしの憶測ですが、中田屋という呉服屋は何か企《たくら》んでいるような感じがあります。もしや、忠助という番頭と組んで一文字屋を乗っ取ったとは考えられませんか」

「まさか、そんなことは……」

「いやいや。今にその番頭か、それとも中田屋が一文字屋の看板を揚げることになるやも知れませんぞ。その時になって臍《ほぞ》を噛んでも遅いというもの。今ならまだ間に合う」

「それではどうせよとおっしゃるのですか」

「中田屋の言い分を呑んではなりません。はっきり断るのがいやなら、のらりくらりと躱《かわ》しておればよろしいでしょう。その間にわしが何か手立てを考えることに致します」

「とんでもない。相馬様にそのようなご迷惑は掛けられません」

惣兵衛は慌てて男を制した。

「いやいや。それぐらいさせて下さい。三年前に屋敷を焼かれ、意気消沈していたわしの所へ一文字屋さんはいち早く駆けつけてくれました。そして当座の衣服をわしだけでなく、家族の分まで調《ととの》えていただきました。あの時は本当にありがたかった。ほれ、この透綾の羽織もその時にいただいた物です。あれから、わしの所も色々ありまして、着物を誂えるどころではなくなりました。この三年、わしはふんどししか新調しておりませんよ」

男はそう言って朗らかに笑った。惣兵衛は恐縮して何度も頭を下げた。やがて男は惣兵衛の肩をぽんぽんと叩き、辰吉にふた言、三言、言葉を掛けて去って行った。

おりつは話を聞いている内、男が琴江の父親であることがわかった。そして、惣兵衛が相馬一家の窮地に手を差し伸べていたことも察した。しかし、惣兵衛と琴江の父親の話には腑《ふ》に落ちないものが多々あった。番頭の忠助と寄合の長の中田屋が示し合わせて一文字屋を潰したというのだろうか。訳のわからない不安が新たにおりつの胸を襲っていた。

惣兵衛がようやく家の中に入ると、おりつは「お帰りなさいまし。お疲れ様でございます」と、ねぎらいの言葉を掛けた。

惣兵衛は「ああ」と、気のない声で応える。

「外で立ち話をなさっていたのは、相馬様ではなかったですか。相馬様は義三郎店にお住まいですから」

おりつは履物を脱いだ惣兵衛にさり気なく訊いた。

「知っていたのかい」

惣兵衛は少し驚いた様子である。

「ええ。引っ越しのご挨拶に参りましたら、相馬様のお嬢さんがうちの店のことを覚えておられましたもので」

「そうか」

惣兵衛の返答にため息が交じった。

「もう三年も裏店住まいをなさっているご様子で、お気の毒だと思いました」

「本来、あの方は裏店住まいをするお人ではないのだ」

惣兵衛は憤った声で言う。

「存じておりますよ。大名家のお抱えのお儒者でしたのに、火事に遭い、おまけにお仕えしていた大名家はお取り潰しになったとか。今は尾張様と安藤様のお屋敷に時々いらして講義をなさっているらしいですよ」

「ああ。小網町《こあみちょう》に安藤様の中屋敷と尾張様の下屋敷があるのだ」

「それで、中田屋さんのお話はどのようなことでしたか」

おりつは気になって惣兵衛に話を急《せ》かした。

「その前にめしだ。昼めしは蕎麦を喰っただけだから、わしも辰吉も腹ぺこだ」

惣兵衛はそう言って、流しに手を洗いに行った。

「お前、中田屋さんの話を聞いてどう思った?」

おりつは辰吉に訊いた。辰吉は首を傾《かし》げた。

「おいら、難しいことはわかんねェ」

「何んだねえ、それじゃお父っつぁんのお伴をした甲斐《かい》がないじゃないか」

おりつはいまいましげに辰吉を睨《にら》んだ。

つつましい晩めしを終えると、辰吉は二階の部屋に引っ込んだ。おりつはおいと一緒に後片づけをしたが、その間も惣兵衛は煙管《きせる》を吹かしながら天井を見つめ、何やら考え事をしていた。

後片づけを終えると、おいとも二階に上がり、茶の間は惣兵衛とおりつの二人だけになった。茶を淹れた湯呑を差し出すと、惣兵衛は灰吹きに煙管の雁首《がんくび》を打って灰を落とした。

「中田屋さんは奉行所への訴えを取り下げろと言うんだ」

惣兵衛はいきなり話を始めた。おりつは少しとまどい、二、三度眼をしばたたいた。忠助のことは北町奉行所に訴えていた。二百五十両も持ち逃げしているのだから当然のことだ。

「どういうことでしょうか」

中田屋がどうしてそんなことを言い出すのか、おりつには理解できなかった。

「寄合の仲間から縄付きを出したくないということだろう」

「そんなことをおっしゃられても忠助が持ち出したお金の額を考えたら、そういう訳にも参りませんよ。それに忠助は店の番頭で寄合には直截《ちょくせつ》関わっておりませんよ」

「中田屋さんは訴えを取り下げたら、寄合の仲間に掛け合って、ここで一文字屋の看板を揚げられるよう便宜を図ると言っていた」

「ここで？　この仕舞屋で？」

「ああ。大工を入れてそれなりに造作もしてくれるそうだ。もちろん、品物も揃《そろ》えると約束してくれた」

「その代わりに忠助の訴えを取り下げるんですか。何んだかおかしななりゆきですね。米沢町の店に比べたら、ここはその半分以下ですよ。ご贔屓《ひいき》のお客様は一文字屋の出店《でだな》（支店）かと勘違いなさいますよ」

「その通り、ここは出店になるのだ」

　惣兵衛は苦渋の表情で言った。

「それじゃ、本店《ほんだな》はどうなるんですか」

「中田屋さんが引き受けるそうだ」

「……………」

「すべて面倒を見るのだから、それは了簡してほしいと念を押された。わしは行商して客の所を廻るよりいいだろうと、その気になっていたが、家の前で相馬様とばったり会い、色々話をしている内に何か腑に落ちないものも感じて来たのだよ。いや、それは相馬様に言われて気づいたことだがね。相馬様は、もう少し早くわしと再会しておれば、何も夜逃げに追い込まれることもなかっただろうと、残念そうにしておられた」

「だから、中田屋さんの言い分を呑んではならないと釘《くぎ》を刺したのかしら」

　おりつがそう言うと「聞き耳を立てていたのかい」と、惣兵衛は悪戯《いたずら》っぽい表情になった。

「申し訳ありません。つい……」

「まあ、それはいい。それより今後のことだ。本店を中田屋さんに譲り、こちらを出店として一文字屋の看板を揚げるか、それとも相馬様を信じて策を考えるかのどちらかだ」

「お前さんの考えはどうなんですか」

「わしか？　わしは夜逃げまでして世間に恥を晒したんだから、この際、出店でもいいから一文字屋の看板を守れるのなら御《おん》の字だと思っているが、お前はいやだろうね」

　惣兵衛は上目遣いにおりつを見る。

「お前さんのお気持ちはよくわかりますよ。当たり前なら、中田屋さんの言い分を呑むのが得ですよ。でも、中田屋さんがもしも忠助とつるんでいたとしたらどう？　訴えを取り下げた後で、中田屋さんが一文字屋を継ぎ、忠助がその代わりに中田屋さんの主に収まったとしたら、あたし、悔しくて夜もろくに眠れないでしょうよ。文句を言ったところで、訴えを取り下げた後では、奉行所のお役人は忠助をお縄にできないのですよ。してやったりとほくそ笑《え》む忠助の顔を見たら、あたし、気が変になって匕首《あいくち》でぶすりと刺したくなるかも知れない」

「物騒なことは言いなさんな。それこそ恥晒しになる。お前が短慮なことをすれば、辰吉とおいとの将来に瑕《きず》がつくのだよ」

「わかっていますよ。ちょっと言ってみただけ」

おりつは力なく笑った。

「相馬様のおっしゃることも一理あるから、少し様子を見ることにしようか。まだ時間はある。急《せ》いては事を仕損じるの諺《ことわざ》もあることだし」

「それがよろしゅうございます。小舟町に引っ越して来たばかりだというのに、ばたばたするのも何んですから」

「そうだね。中田屋さんの言い分を呑むのは切羽詰まってからでも遅くないだろう」

「ええ……」

とはいえ、おりつは中田屋の言いなりにはなりたくないという思いでいっぱいだった。

「さ、寝るか」

惣兵衛は欠伸を洩らし、眠そうな声で言った。おりつは使った湯呑を流しに片づけ、詮《せん》のないため息をついた。

四

おいとは暇さえあれば琴江の所へ遊びに行き、半日も戻って来ないことがあった。ようやく戻って来ると、相馬家の事情をあれこれとおりつに語った。相馬家は裏店二軒分を借りていて、もう一軒は夜講《やこう》に訪れる弟子達の教場にしているという。二軒の住まいは土間口こそふたつあるが、中は壁を取り払い、襖《ふすま》を入れて出入りできるようにしているらしい。

「それじゃ、お弟子さんから何がしかの物が入るのだね」

おりつは商売人の妻らしく言った。

「ええ、そうみたい。でも、お姉さんは暮らしの掛かりにいつも頭を悩ませているの。そんなお姉さんに、奥様はお金のことばかり考えるのは下衆《げす》のやることと文句を言うのよ」

「あの奥様なら言いそうなことだ」

「お姉さんは奥様のおっしゃることを、はいはいと聞いて、決して逆らわないの。あたしにはとても真似《まね》できないよ」

「お武家さんは、あたしら町家者《まちやもの》とは違う考えがあるのさ。でも、琴江さんは感心な娘さんだ。相馬様はよい娘さんを持ったものですよ」

「あたしもお姉さんのことは大好きよ。小舟町に引っ越して、お姉さんと出会ったことが一番嬉しい」

おいとは眼を輝かせて言った。


小舟町に引っ越して十日ほど経った。夏の暑さは相変わらず厳しかった。おりつは土間口前の掃除をしてから、手桶《ておけ》の水を振り撒《ま》いていた。通りには往来する人々に交じり、金魚売りやら、風鈴売りやらも通る。誰しも暑さに閉口し、疲れ切った表情をしていた。

その日も惣兵衛は辰吉を伴って外に出ていた。他の寄合の仲間の店を訪れ、色々、何か話を引き出したい考えだったのだろう。おおかたは中田屋さんの言う通りにするのがいいというものばかりだったが。夜は夜で相馬家を訪れ、主の虎之助と今後の相談をしていた。

虎之助は顔見知りの岡っ引きに中田屋の様子と忠助の足取りを探らせているようだ。もしも中田屋と忠助が示し合わせているとすれば、どこかで二人が会っていることも考えられた。ただ、忠助を捕まえても一文字屋を再建できなければ、おりつにとって何んの意味もない。持ち逃げされた金が戻る公算も低いと思っている。もの思いに耽《ふけ》りながら水撒きをしていると、日傘を差し、中年の下男らしいのを従えた武家の娘が目の前を通り過ぎた。

年の頃、十七、八の娘で、この暑さをものともせず、こってりと化粧をして、よそゆきの着物に身を包んでいた。長い袂《たもと》がひらひらするのを、おりつは呆然《ぼうぜん》と見つめた。絽の着物は買うとなれば高直《こうじき》だ。いったいどれほど大きな家の娘だろうかと思った。

ところが娘は義三郎店の前で立ち止まった。

それから、ひとつ息を吐いて門口をくぐった。やり過ごそうと思ったが、どうにもその娘のことが気になり、おりつは家に入ると二階のおいとの部屋へ向かった。おいとの部屋には窓があり、そこから裏店の様子を見ることができる。

部屋の中はむっとする暑さだった。慌てて窓を開けると、娘が相馬家の前に進んで行くのが見えた。

日傘を畳み、訪《おとな》いを告げる細い声も聞こえた。琴江が応対に出た様子でもある。娘はその場に立ち止まったまま、澱《よど》みなく話を始めたが、おりつにはその内容までは聞き取れなかった。琴江は押し黙っている様子である。娘はいらいらして「素直に応えたらどうなのですか」と甲高い声で琴江に言い放った。

おりつは眼が離せなかった。やがて外へ出て来たのは、琴江でなくおいとだった。おいとは琴江の家に遊びに行っていたのだ。

おいとは娘の肩を邪険に突いた。下男が慌てておいとの前に立ち「お嬢様に何をする、この餓鬼《がき》！」と、おいとに平手打ちを喰らわせた。

おいとはその拍子に地面に倒れ、泣き声を上げた。おりつはすぐさま部屋を出ると階段を駆け下り、下駄を突っ掛けておいとを助けに裏店へ向かった。

おいとはまだ泣いていたが、琴江が助け起こして宥めていた。琴江の母親の正江も騒ぎに気づいて外へ出ている。近所のかみさん連中は何事かと様子を窺《うかが》っていた。

「殿方の心をご自分に振り向かせようと、このような所までおいでになるとは、呆《あき》れたものでございます。恥を知りなさい！」

正江の凜《りん》とした声が響いた。

「わたくしは己《おの》れの倖《しあわ》せを己れの力で摑み取りたいのです。わたくしの願いはそれだけです」

娘は意地になって反論した。

「では、最後までご自分の力でおやりなされ。娘は三崎州吾《みさきしゅうご》殿との縁談を白紙に戻しております。何んのご遠慮もいりますまい。三崎殿に、妻にしていただきたいと縋《すが》りつかれるのがよろしかろう。それが吉となるか凶となるかは三崎殿のお心次第で、当方が関知することではございませぬ」

　正江の言い方は小意地が悪かったが、その時のおりつには胸がすくような気持ちだった。

「州吾様は未練にも琴江さんのことが忘れられないのです。琴江さんはどのような手をお遣いになったものやら。殿方のお心を捉《とら》えるのがお上手でいらっしゃいますこと」

「そのように皮肉を並べ立てておきながら、三崎殿と祝言を挙げられるよう口添えしてほしいとは、開いた口が塞がりませぬ」

「黙れ、婆《ばば》ァ！」

　下男は業を煮やして悪態《あくたい》をついた。

「ちょいとあなた、武家の奥様に何んという口の利き方をなさいます。無礼ですよ」

　たまらずおりつは口を挟《はさ》んだ。うるせェ、と下男は血走った眼でおりつを睨んだ。

「お引き取りを。近所迷惑です」

正江はきっぱりと言って踵《きびす》を返し、家の中に入ってしまった。

「わたくしの申し出を承知して下されば、それ相当のお礼を致します。いえ、このような裏店ではなく、少しはましな一軒家をご用意致します。いかがですか」

娘は見下げたようなもの言いで琴江に言った。裏店住まいの琴江をばかにしていた。

「お断り申し上げます。そのような手前勝手な申し出を受ける訳には参りませぬ。痩せても枯れても、わたくしは相馬虎之助の娘でございます」

琴江は声を励まして言ったが、身体《からだ》は怒りで震えていた。娘は、じっと琴江を睨んでいたが、やがて「お話にもなりません」と捨て台詞《ぜりふ》を吐いて去って行った。琴江は安堵《あんど》の吐息をつくと、くらっとよろめいた。緊張の糸がほどけたのだろう。

「しっかりなさいませ。あのようなあんぽんたんに負けてはいけませんよ」

おりつは琴江の腕を取って言った。

「あんぽんたん……」

琴江はおりつの言葉を呟《つぶや》くと、噴き出した。

口許を押さえて、それから笑いがしばらく止まらなかった。琴江の笑い声は途中から泣き声に変わった。

「大丈夫。きっと琴江さんは倖せにおなりですよ。今に三崎様という方がきっと琴江さんをお迎えにいらっしゃいます。そうでなければ、あのあんぽんたんとの縁談をとっくに承知しているはずですもの。焦《あせ》らずに、じっとその時を待つのです」

おりつは琴江に言うより、自分に言い聞かせるようなつもりになっていた。

「お内儀さんは観音様のよう……」

「あたしが観音様ですって？　まあまあ何をおっしゃることやら」

おりつは苦笑した。武家の娘が帰ると、裏店のかみさん連中も、ほっとしたように家の中に入った。外にはおりつと琴江、それにおいとの三人が残された。

「お店が大変なことになったというのに、お内儀さんは気丈に振る舞っておられます。わたくしはとても感心していたのです。そうだ、わたくしも何があっても気を落とさずに暮らして行こうと心に誓っておりました」

琴江は人目がなくなったせいもあり、そんなことを言う。

「まあ、そうでしたか。そう思っていただいて恐縮でございますよ。琴江さんはご家族のために親身に尽くしていらっしゃいます。どうぞ、これからもご家族のお力になって下さいましな」

「ええ。でも、この先、わたくしはどうしてよいのかわからなくなりました。先ほどいらした方のお父上はご公儀の勘定組頭《くみがしら》を仰《おお》せつかっておられます。わたくしの許婚《いいなずけ》だった三崎様も同じ部署で勘定衆を務めております。わたくしとの縁談が反故《ほご》になると、それを待っていたかのように、あの方は三崎様との縁談を進めるようお父上に懇願されたのです。ですが……」

「三崎様は承知なさらなかったのですね」

「ええ。それはどのような意味なのかと考えると、わたくしは胸が苦しくなるのです。お内儀さんは三崎様が迎えに来て下さるとおっしゃいましたね」

「ええ……」

「わたくしもそう思いたい、そう信じたいのです。でも、縁談を反故にしてから、わたくしは一度として三崎様にお会いしたことはないのです。それなのに甘い夢を見ている自分が情けなくて」

琴江はそう言って咽《むせ》んだ。

「お姉さん。お姉さんは三崎様のことを好きなのね。好きだから諦め切れないのでしょう？」

おいとが口を挟んだ。

「おいとちゃん……」

琴江は無理に笑おうとして唇が引きつった。

「何んとかしましょう」

おりつはぽつりと言った。

「お内儀さん、どうなさると」

琴江は怪訝な眼でおりつを見つめた。

「相馬様がうちの店のことを色々ご心配して下さいますが、それよりも琴江さんの問題の方が先でございます。ぐずぐずしていたら琴江さんは行かず後家になってしまいます」

「行かず後家?」

おいとが素《す》っ頓狂《とんきょう》な声を上げた。

「お内儀さん、ちょっとひどいおっしゃりようですね」

琴江は洟を啜って、ちくりと文句を言った。

「ご無礼致しました。あたしは思ったことをすぐに口にする質《たち》なもので」

おりつは慌てて取り繕った。惣兵衛に話をして、琴江のことを何んとかしろと虎之助に言わせるつもりだった。

五

小舟町に引っ越してひと月が過ぎた。惣兵衛は相馬虎之助の助言を信じて、町奉行所へ出した忠助の訴えを取り下げなかった。中田屋の表情には焦りのようなものも感じられた。時には脅しのようなもの言いもする。さすがに惣兵衛も、これは何かからくりがあるのだと思わずにいられなくなった。

そして、馬喰町《ばくろちょう》の中田屋に訪れて来た忠助を土地の岡っ引きが見つけ、自身番にしょっ引《ぴ》いたのは、さらにひと月後のことだった。忠助は自身番で取り調べを受けた後、茅場町《かやばちょう》の大番屋《おおばんや》へ移され、さらにきつい取り調べを受けるという。呼び出しを受けた惣兵衛は小網町の鎧《よろい》の渡しから、大番屋へ向かった。大番屋は重い罪を犯した者の取り調べをする所だった。

大番屋に着くと、驚いたことに中田屋も忠助の横に座っていた。

「お役人様。これはどうしたことでしょうか」

惣兵衛は事情が呑み込めず、傍にいた同心に訊いた。

「どうしたとな？　人のよい。この二人は一文字屋を潰した張本人だ」

まさかという気持ちと、やはりという気持ちが惣兵衛の胸の中で交錯した。

「番頭の忠助は先代の主から暖簾分けを約束されていたが、その約束が叶《かな》えられない内に先代は亡くなり、手代だったお前が一文字屋の娘の婿になって主に収まった。忠助は番頭で一生を終えるのがばかばかしくなり、中田屋と手を組んだのだ。中田屋は商売が下火になっていたものだから、忠助をそそのかして掛け取りの金を奪わせたのだ」

「しかし、中田屋さんは手前の店がもう一度商売ができるよう便宜を図るとおっしゃっておりましたが」

「そいつは方便だろう。中田屋は一文字屋から奪った金でひと息ついたので、その恩返しに忠助を無罪放免にし、その先は自分の店の番頭にでも据《す》えるつもりだったのだろう。まあ、この男のことだから、忠助には店を持たせるぐらいは言っていただろうが」

　忠助と中田屋は並んで座っていたが、お互い、眼を合わせようとはしなかった。

「何も彼《か》もうそだったんですか」

　惣兵衛は中田屋に言ったが、中田屋は返事をしなかった。

「わたしらがどんな思いで小舟町に引っ越して来たか、あんたは何もわかっていなかったんですね。その場しのぎのうそ八百を並べ立てただけで……番頭さん、あんたは何んだね。長年奉公した店を潰し、それで気が済んだというのかね」

物兵衛が憤った声で言っても、忠助もやはり何も応えなかった。

「一文字屋、後は奉行所に任せることだ。忠助は大金を盗んだ上に店を潰した。死罪は免れないだろう。中田屋も同様だ」

同心がそう言うと、忠助は眼を剝《む》き「わたしは中田屋の旦那《だんな》にそそのかされただけだ。悪い女に引っ掛かり、金を脅された時、中田屋さんは親切顔で取りなしてくれた。しかし、わたしはその後で、お店の金を奪うことを囁《ささや》かれたのです。いやと言うことはできませんでした。悪いのはこの男です！」

「何を今さら。一文字屋にひと泡吹かせたいとほざいたのは手前だろうが」

「何んだとう！」

「ええい、うるさい。口を慎め」

同心が怒鳴り声を上げた。物兵衛はその場にいたたまれず「よろしくお願い申し上げます。用事がございますので、手前はこれで失礼致します」と辞儀をして大番屋を出た。

もはや一文字屋の再建は絶望的だと思った。

惣兵衛は意気消沈していた。忠助と中田屋がどうなろうと、そんなことはどうでもよかった。店の立て直しこそが問題だったのだ。

鎧の渡しで小網町に着くと、惣兵衛はとぼとぼと小舟町に向かった。おりつに何んと言えばよいのか、わからなかった。呉服屋の一人娘として何不自由なく暮らして来た女が、自分と所帯を持ったためにこのようなていたらくとなったのだ。文句ひとつ言わないおりつがなおさら惣兵衛には不憫でならなかった。

「一文字屋さん」

後ろから声を掛けられ、振り向くと相馬虎之助が立っていた。虎之助は一人だった。

「本日、坊ちゃんはご一緒じゃなかったのですか」

「ふむ。湯島の学問所へ行っております。そろそろ試験が迫っておりますので、慌てて勉強を始める気になったのでしょう」

「いずれは相馬様の跡を継いで、お儒者になられるのですね。頼もしい限りです。それに比べてうちの極楽とんぼはどうしようもありません」

「なに、辰吉も見どころがありますよ。最近、わしの所で『商売往来《おうらい》』を学んでおります」

「何んですかそれは」

「商家の子供達のために書かれた手引書ですよ。恙《つつが》なく商売を続けるために学んでおるのです。辰吉は一文字屋を継ぐ覚悟ですよ」

虎之助は笑顔で言う。そうですか、としか惣兵衛は言えなかった。本当は辰吉がようやく商いに興味を持った様子が嬉しくてならなかったのだが。

「それから、来年の春に娘を嫁に出すことにしました」

虎之助は話題を変えるように言った。

「それはそれはおめでとうございます。しかし、お嬢さんが輿入《こしい》れされたら家の中がご不自由になりますね」

「なに、妻がおります。これからは娘に教えられて、そろそろ台所仕事もこなすことでしょう」

「話があべこべですね」

「全くです」

虎之助はそう言って、朗らかに笑った。

「お相手は例のお武家様ですか」

「さよう。あなたのお内儀さんが娘のために色々と力になってくれたお蔭《かげ》です」

「いえいえ、ただのお節介ですよ」

「そんなことはありません。わしは本当にありがたいと思っております。娘の気持ちをわかっていたのは、お内儀さんとおいとちゃんでしたからね」

それなら、おあいこじゃないかと惣兵衛は思う。虎之助も惣兵衛のために忙しい時間を割《さ》いて忠助と中田屋のことを調べてくれたのだから。

「うちの番頭と中田屋が捕まりました」

惣兵衛は低い声で虎之助に伝えた。

「ほう、ようやく奉行所が腰を上げましたか。少しは安心なさいましたでしょう」

「いや、これからのことを考えると悩みは尽きませんよ」

「また一から始めたらよいのです。焦ることはありません。小舟町に一文字屋の看板を揚げましょう。きっと客がつきます」

虎之助はきっぱりと言った。

「やあ、風がずい分、涼しくなった。暑い暑いと言っていたのに、もはや秋ですね。ああ、いい気持ちだ」

虎之助はそう続けて深く息を吸った。この人の傍にいれば不思議に気が楽になる、と惣兵衛は思う。それがありがたい。

「相馬様」

「はい、何んですか」

「一文字屋惣兵衛、一生のお願いです。いついつまでもおつき合いを」

畏《かしこ》まって言った惣兵衛に虎之助はつかの間、呆気に取られた表情をしたが「そうですね。いついつまでもおつき合いしましょう」と応えた。

二人はそれから茜色に染まる夕陽を浴びながら家路を辿《たど》った。

相馬虎之助はそれからも裏店暮らしを続け、惣兵衛もまた小舟町で狭いながら呉服の商売を始めた。その時も虎之助は客がつく案を、あれこれと惣兵衛に助言してくれた。それが功を奏したことも一度や二度ではなかった。僅《わず》かながら商売に弾みがつくと、惣兵衛は相馬一家の衣服の面倒を見るようになった。いつしかそれは惣兵衛の生きる張りともなっていた。義三郎店から出て行く虎之助を近所の人間は「裏店の聖人」と渾名《あだな》で呼んでいたが、虎之助本人はそう呼ばれていることに少しも気づいていなかった。背筋を伸ばし、皺ひとつない着物と羽織で虎之助は講義に出かけて行く。見送る惣兵衛の口許には、いつも満足そうな微笑《ほほえ》みが浮かんでいた。おりつは、そんな惣兵衛の顔を見るのが好きだった。

花屋の柳

一

日本橋上槇町《かみまきちょう》の路地の一郭《いっかく》に「千花《せんか》」という屋号の花屋があった。そこが幸太《こうた》の家である。千花は周りの家並《やなみ》より奥まった所が土間口で、土間口前には年中、簾《すだれ》を二張り下げている。それは売り物の花に直接陽《ひ》が当たらないようにするためだ。陽が当たると切り花はたちまちしおれてしまう。簾の横には枝垂《しだ》れ柳《やなぎ》が植わっており、それも陽射《ひざ》しを避ける効果があった。江戸の花屋は店先に柳の樹《き》を植えている所が多い。

根の生《は》えた立看板を花屋出し

幽霊のとまり木花屋門《かど》へ植え

などという川柳も詠《よ》まれているそうだが、川柳の心を理解するには、十二歳の幸太は子供過ぎた。

「どうして花屋は店前に柳を植えるんだい」と、幸太は母親のおこのに訊《き》いたことがある。

「知らないよう。昔から柳が植えられていれば、世間様は、ああ花屋なんだと思うんだよ」

おこのは面倒臭そうに応《こた》えた。おこのは物事の謂《いわ》れなどに興味を示さない女である。訊くだけ無駄だった。

幸太はどうにも気になって父親にも訊いた。

父親の滝蔵《たきぞう》は二、三度眼をしばたたき、それからおもむろに「おれも詳しいことは知らねェが、『樹下石上《じゅかせきじょう》』という、ちょいとお前《め》ェにゃ難しい言葉があるのよ。諸国を行脚《あんぎゃ》する坊さんが樹の下や石の上で野宿することが多いから、花屋は柳の樹を植え、足袋《たび》屋は店先に石を置くようになったらしい」と応えた。

父親の説明にも幸太は得心がいった訳ではなかった。僧侶《そうりょ》が樹の下で野宿するからといって、どうしてそれが花屋の柳になるのだろうか。樹を扱う商売は他《ほか》にもあるだろうが、という気持ちだった。だが、通っていた手習所《てならいどころ》の師匠が「樹下は花屋で石上は足袋屋也《なり》」という句を何気なく呟《つぶや》くのを聞いて、昔からそういう理屈が世の中にあったのだと思った。

手習所の師匠は、たまたま花屋の息子の幸太と檜物町《ひものちょう》の「柏屋《かしわや》」という足袋屋の息子が天神机《てんじんづくえ》に隣り合わせて座っていたのを見て、ふと昔覚えた句を呟いたのだろう。

「お前ェの店の前に石なんて飾ってるけェ？」

幸太はためしに柏屋の息子の貞吉《さだきち》に訊いてみた。

「うん、あるよ。足袋屋の大事な看板だから粗末にしちゃならないと言われているよ。お客さんがうちの店に来る度に撫《な》でるから、つるつるになってるよ。幸ちゃん、気がつかなかった？」

チビだが分別臭い顔をしている貞吉はそう言った。言われてみると、確かに柏屋の外にある置き行灯《あんどん》の傍《そば》に大振《おおぶ》りの石が置いてあったと思い出した。

「その石はいつから置いてあるのよ」

「知らない。ずっと昔からだよ。幸ちゃんのとこの柳も同じ理由で植えられているんだよ」

「何んか妙だよなあ」

「そうかなあ。商家の看板なんて、訳のわからないもんが多いから、あまり深く考えることはないよ」

貞吉は幸太ほど店の看板に拘《こだわ》っているふうがなかった。石なら別に気にしないと幸太は思う。柳だから気になるのだ。それというのも、幸太は昔から柳の樹が嫌いだった。辛気臭《しんきくさ》いし、夏の夜などはお化けが佇《たたず》んでいそうで怖い。簾と柳の樹のせいで店の中はいつも仄暗《ほのぐら》かった。しかし、家の商売が花屋なので、いやだの、どうのとは言えるはずもなかった。

千花で扱う花は仏壇用がほとんどである。

近所の年寄りが店を訪れて仏花を買って行く。日中はおこのと三つ年上の姉のおけいが店番をして、滝蔵は花を入れた籠《かご》を天秤《てんびん》棒で担《かつ》ぎ、市中《しちゅう》を売り歩いていた。そうして朝から晩まで仕事に励んでも、幸太の家は食べるだけでようやっとの暮らしだった。だから、手習所へ通う幸太の月謝と盆暮の付け届け、畳銭、炭代もばかにならない。それでも読み書きができないと大人になった時に困ると考えたおこのの意向で、幸太は近所の手習所へ通わされていた。

おけいも以前は手習所へ通っていたが、とっくにやめている。子供二人分の月謝を払うのが両親には負担だったからだろう。おけいは手習いが苦手な娘だったので、手習所をやめたことを苦にしているふうがなかった。むしろ、ほっとしたようだ。苦手な手習いをするより家の手伝いをするほうが、なんぼかましと思ったらしい。

おこのは花の好きな女なので、土間口前を庭にして、そこに好みの花を植えていた。桜草、あじさい、もみじ、南天など、四季折々、狭い土間口前には何かしら花の彩《いろど》りがあった。

しかし、花の世話をするのは、おこのではなく父親だった。滝蔵は花を売るだけでなく、育てるのも上手だ。忙しい商売の合間に草取りをしたり、伸び過ぎた枝を払ったりしていた。家の裏手もちょっとした空き地があったので、青物の畑にしている。畑の世話も滝蔵の役目だった。滝蔵はその他に隣りの家との境に生《い》け垣《がき》も作った。きれいに揃《そろ》った生け垣は近所でも評判だった。うちにもやってくれと言う者もいたが、滝蔵は、とんでもねェと笑うだけで取り合わなかった。

十二歳になった幸太は手習所のない日、滝蔵と一緒に仕入れに行くようになった。仕入れは駒込《こまごめ》や巣鴨《すがも》の植木屋が主だった。広い敷地に多種多様の花が咲いている。そこは花屋だけでなく一般の人々も訪れ、美しい草花を観賞していた。

江戸第一の植木屋は染井《そめい》にあるのだが、滝蔵は、なぜか染井に行こうとはしなかった。そっちで仕入れれば、もっと豊富に草花が手に入るのではないかと、幸太はぼんやり思っていたが、滝蔵には別の考えがあるらしく、今まで染井に行ったことはなかった。

滝蔵が大八車《だいはちぐるま》に仕入れた花を積むと、幸太は後ろにつく。日本橋までの道中、坂道になると幸太は大八の後押しをした。滝蔵の伴《とも》をするようになって、幸太は江戸の町が存外に上り下りが多いことを知った。文句も言わず、一人で仕入れをしていた滝蔵の苦労が偲《しの》ばれたが、実の父親に面と向かってねぎらいの言葉は言えなかった。

仕入れから帰ると、すぐに家族総出で仏花作りを始める。一番安いのは八文で、十二文、十六文、二十文と四の倍数の値段がつけられる。高い花を仏壇に供えるのは真宗の家だ。

また、樒《しきみ》を供える家もあるので、それも用意している。生け花用の花はあまり置いていない。近くの料理茶屋から注文があってから仕入れることが多かった。

おこのは太りじしでよく笑う女だった。滝蔵はおこのがめそめそするのをひどく嫌うので、おこのは滝蔵の前で滅多に暗い顔を見せなかった。

どうしてお父《と》っつぁんはおっ母《か》さんがめそめそすると怒るのか、幸太は不思議だった。

商売の実入りが悪ければ、一家の女房ならどうやって食べて行こうかと案じるものだ。

そんな時、大口開けてガハハなんて笑えない。眉間《みけん》に皺《しわ》を寄せて困り顔をするのが普通だ。

だが、おこのが少しでも暗い表情をすると、滝蔵は顔色を変え「文句があるなら出て行け」と怒鳴るのだ。出て行けと言ったところで、おこのは両親もきょうだいもいないので、行く所がない。幸太は父親のことを意地の悪い男だなあと思うが、母親に加勢しても返《かえ》り討《う》ちに遭うだけだから、黙っているより外《ほか》はなかった。

後で「おっ母さん、辛《つら》かっただろ？」と慰めると、幸太は優しいねえ、とおこのは眼を細めた。

「でもね、お父っつぁんは悪かないんだよ、お父っつぁんはあたしらのために毎日一生懸命働いてくれる。文句を言ったら罰《ばち》が当たるというものだ」

おこのは滝蔵の悪口を言わなかった。

だが、おこのはおけいに対して手厳しかった。おこのは娘時代、生け花の稽古《けいこ》をしていたので、時々、おけいに教えていた。口うるさいおこのに閉口して「あたし、できないよ」と、おけいが弱音を吐くと、おこのはぴしりとおけいの手の甲を打った。

「いいかえ、嫁に行って、お姑《しゅうとめ》さんに花を生けておくれと頼まれたら、お前、あたし、できないって応えるのかえ。花屋の娘のくせに花のひとつも生けられないじゃ、育てたあたしの面目は丸潰《つぶ》れだ」

　おこのは眼を三角にして怒鳴る。

「何よ、幸太には甘いのに、あたしばかりに辛く当たって。おっ母さん、あたしは継子《ままこ》なの？」

　おけいはやけになってそんなことを言った。

　その時のおこのの剣幕は凄《すさ》まじかった。おけいを畳に押し倒し、この、このう、とおけいの頬《ほお》を続けざまに張った。さすがに姉が気の毒で幸太は「やめろ、おっ母さん！」と制したが、おこのの勢いは止まらなかった。挙句に幸太まで突き飛ばされて縁側に尻餅《しりもち》をついた。

　隣りのおくめという年寄りが騒ぎを聞きつけて現れ、ようやくおこのの怒りを宥《なだ》めてくれたのだ。

「この娘《こ》はねえ、継子だからあたしが苛《いじ》めるんだろうって言ったんですよう」と甘えたような声でおこのは言った。

「あらあら、ひどいことを言う。おけいちゃん、あんたはおこのさんと滝蔵さんの娘だ。妙なことはお言いでないよ」

おくめはおけいの背中を摩《さす》りながら言った。

「だって、あたし、おっ母さんのように上手にお花を生けられないのよ。おっ母さんは傍で文句ばかり言うから、なおさらうまく行かない。つい、口から出まかせで言っただけよ」

おけいは口を尖《とが》らせて言い訳した。

「わかるよ、おけいちゃんの気持ちは。でもね、おこのさんはあんたら二人を立派な大人にしようと一生懸命なのさ。わかってておやりよ」

おくめはやんわりとおけいを諭《さと》す。

「わかっているけど、おっ母さんはお父っつぁんにやり込められているもんだから、あたし達に八つ当たりして憂《う》さを晴らすのよ。ね、幸太」

おけいは幸太に相槌《あいづち》を求める。幸太は何んと応えていいかわからなかった。おけいに対するおこのの態度は確かに厳しかったが、それが八つ当たりとは思えなかったからだ。

「何んだって、おけい。もう一度言ってみな」

幸太が何か応えるより先に、おこのはおけいに怒鳴った。

「およしよ二人とも。いがみ合っていたら、せっかくの倖《しあわ》せが逃げて行くよ。おこのさんも、昔の暮らしと今は違うんだ。いい加減に了簡《りょうけん》したほうがいいと思うよ」

おくめは見かねてそんなことを言った。

「おくめさん、あたしはとっくに了簡してますよ。生け花の稽古に出してやれないから、あたしが代わりに教えてやってるだけなんですよ」

「わかっているよ。でもね、やり方がある。ぎりぎり仕込めばいいってもんじゃないよ。よその師匠はもっと優しく教えていると思うけどね」

おくめはちくりと皮肉を込めた。おこのは幾つも年上のおくめに言われたら黙って肯《うなず》くしかなかった。その場が落ち着くと、おくめは茶を一杯飲んで帰って行った。

幸太はおくめの話から腑《ふ》に落ちないものを感じた。おこのの昔の暮らしとは何んだろう。

おこのは天涯孤独の身だから、嫁入り前だってそれほどよい暮らしをしていたとは思えない。

だが、おくめは昔と今の暮らしは違うから了簡しろと諭していた。おこのは今よりいい暮らしをしていたのだろうか。もっと小さい頃は何も感じなかったのに、幸太は俄《にわか》におこのと滝蔵が一緒になった経緯《いきさつ》が気になり出していた。もちろん、それを二人に訊《たず》ねる勇気はなかった。それは触れていけないことのように、幸太には思われたのだった。

二

幸太が手習所から戻ると、おけいが一人で店番をしていた。おこのは湯屋に行ったという。

「おっ母さんがおさつを蒸《ふ》かしていたよ。手を洗ってお食べ」

おけいは土間口を掃除しながら言った。切り落とした葉や茎が塵取《ちりと》りに結構集められた。

それをゴミ溜《た》めに捨てず、裏の畑の土に埋める。腐葉土《ふようど》となって肥《こ》やしに使われるのだ。

「この暑いのに蒸かし芋なんざ喰《く》いたかねェや」

幸太は生意気な口を利いた。盂蘭盆《うらぼん》が近い江戸は暑い日が続いていた。

「おっ母さん、湯屋の帰りに買い物するって言ってたから、晩ごはんは少し遅くなるよ。お腹《なか》が空《す》くから文句を言わずにお食べよ」

おけいは食べ盛りの幸太を案じて言う。幸太は渋々、おけいの言う通りにした。

蒸かし芋は冷めていたので、汗にならずにちょうどよかった。

「この間、姉ちゃんはおっ母さんと喧嘩《けんか》しただろ？」

幸太は口をもぐもぐさせながら言った。

「済んだことは言わないで」

おけいはすぐに制した。いやなことは早く忘れてしまいたい性格である。

「いや、喧嘩したことはどうでもいいんだ。ただあの時、隣りの小母《おば》ちゃんがおっ母さんに、昔の暮らしとは違うんだから了簡しろと言ったじゃねェか。おっ母さんの昔の暮らしって何よ」

「ああ、そのことか」

おけいは手を止めて簾越しに外を見た。眩《まぶ》しい光がちらちらと揺れていた。その光が土間に射すと、土間が池の面のように思えた。

「おっ母さんはね、いい所のお嬢さんだったらしいのよ」

おけいはさして興味のない表情で続けた。

その話は初耳だった。

「いい所のお嬢さんが、どうして花屋のおかみさんになるのよ。おかしいじゃねェか」

幸太は得心のいかない顔でおけいを見た。父親譲りの二重瞼《ふたえまぶた》に細い鼻、少し厚めの唇をしているおけいは年頃のせいで町内の若者の評判になっている。だが、滝蔵が睨《にら》みを利かせているので若者達は気軽に声が掛けられないのだ。

滝蔵の眼は怖い、と幸太は思っている。別に悪さをしていなくても、滝蔵に見つめられると胸がひやりとすることがある。幸太の気持ちを見透かしているような眼だ。どうしてお父っつぁんはあんな眼で人を見るのだろうと思う。だが、おこのとおけいは特に気にしているふうはなかった。

「おっ母さんは頼る人がいなかったからお父っつぁんと一緒になったと言っていたじゃない」

おけいは何を今さらという感じで応えた。

「ということは、おっ母さんの実家は潰《つぶ》れたんだな」

「どうなんだろうね。実家の話になると、おっ母さん、すぐにはぐらかしてしまうから、本当のところは何もわからないのよ」

おけいはため息をついた。

「何んかよう、おいら達に隠していることでもあるのかな」

「考え過ぎだよ。うちに隠し事なんてある訳がないじゃない」

「そうかな。おっ母さんの実家がいい所で、今でもちゃんとしていれば、うちは、もう少しましな暮らしができたんじゃねェか？」

「そうよねえ。あたしも生け花とか茶の湯の稽古に出して貰《もら》えたかも」

「稽古したいのか？」

そう訊くと、おけいはつかの間、思案する表情になったが「やっぱり、あたしは続かないね。結局、店の手伝いをしているのが性に合っているんだよ」と、情けない顔で言った。

「姉ちゃんは根性なしよ。誰に似たんだか」

「あら、ご挨拶《あいさつ》ね。あんたに言われたくないよ。あんただって、相変わらず字は下手《へた》くそだし、算盤《そろばん》の腕はさっぱり上がらないし」

「おいらはお父っつぁんの跡を継いで花屋をやるから、手習いも算盤もほどほどでいいんだよ」

幸太の手前勝手な理屈におけいは、ふっと笑ったが、すぐに塵取りを持って裏の畑に行った。蒸かし芋を食べ終え、幸太はべとべとした指をねぶりながら、煤《すす》けた天井を見上げた。

おけいには父親の跡を継ぐと言ったが、本当に自分は花屋になるのかなと幸太は思った。

このまま行けば、花屋になることは間違いないだろうが、どうもあやふやな気持ちがしてならなかった。滝蔵は幸太に、お前も花屋になれと言ったことがない。滝蔵が自分に何を求めているのかもわからなかった。

小さく首を振った時、花の香が幸太の鼻腔《びこう》をくすぐった。

暮六つ（午後六時頃）の鐘が聞こえると、おこのは大戸《おおど》を閉《た》てる。仕事から戻った滝蔵は幸太と一緒に湯屋へ行き、一日の汗を流す。

それから家族が揃って晩めしを摂《と》るのだ。

滝蔵は毎晩、一合の酒を飲む。それがささやかな楽しみだった。煮売り屋から買ったお菜《さい》と漬物だけの質素な晩めしである。たまに魚がつく。

「明日の朝は植《うえ》よしに行ってくるぜ」

滝蔵は独り言のように言う。「植よし」は巣鴨村にある植木屋のことだった。

「幸太も連れてお行きなさいましな。いつもより多めに仕入れるんでしょう？　お前さん一人じゃ大変だ。幸太の手習所は盆休みに入るから、ちょうどよかった」

おこのは座禅豆《ざぜんまめ》を摘《つ》まみながら言う。座禅豆はおこのの好物だった。反対に滝蔵は豆の類《たぐい》が苦手だった。貝のむきみの煮付けと大根のなますで酒を飲んでいた。盂蘭盆は千花のかきいれ時である。この時期は仏花だけでなく、線香や蠟燭《ろうそく》も置いていた。

「いいのか、幸太」

滝蔵は確かめるように訊いた。

「ああ」

「そいじゃ、帰りに蕎麦《そば》を奢《おご》るぜ」

滝蔵は機嫌のいい声で言う。本当は手習所の仲間と遊ぶ約束をしていたが、いやとは言えなかった。巣鴨村までの長い道中を思うとため息が出る思いだった。だが、滝蔵が帰りに蕎麦を奢ると言ったので、少し元気が出た。

「蕎麦で喜んじゃっておめでたい子だこと」

おけいが皮肉を言う。

「そいじゃ、手前《てめ》ェがついて行きな。おいらは留守番するからよ」と、幸太は返した。

「おあいにく。あたし、蕎麦は嫌いだもの」

「めし」

酒を仕舞いにした滝蔵がぶっきらぼうな声を上げた。その声でおけいと幸太はようやく黙った。そのまま口喧嘩を続けていたら、おけいも幸太も引っぱたかれる羽目となっただろう。この父親に向かって、うちに隠し事なんてあるのかい、などとは間違っても訊けなかった。

翌朝は夜明け前から大八車を引いて幸太は滝蔵と一緒に巣鴨村へ向かった。幸い、その日は日本晴れのよい天気だった。神田《かんだ》を通り、本郷《ほんごう》を抜け、その先の北西寄りに巣鴨村がある。本郷を過ぎると辺りの景色は俄に田舎《いなか》めく。植木屋のおおかたは町中より、田圃《たんぼ》や畑の多い鄙《ひな》びた場所に店を構えている。

昼前に植よしに到着して、そこの番頭に声を掛けて滝蔵はさっそく仏花用の花を仕入れた。盆は支払いの時期でもあるので、滝蔵はその日の仕入れの他に、今までの掛けの金も支払った。巾着《きんちゃく》袋に用意していた金は持ち重りがしているように見えたが、支払いを済ませると幾らも残っていないように感じられた。

「早く稼がないとオケラになっちまうね」

幸太が冗談交じりに言うと、滝蔵は全くだ、と苦笑いした。仕入れた花の上に筵《むしろ》を被《かぶ》せ、二人はすぐに来た道を戻る。

神田の蕎麦屋に着いた時は昼刻《どき》をとうに過ぎていた。滝蔵のなじみの蕎麦屋は神田佐久間町《さくまちょう》にあった。昼を過ぎていたので、店の中に客はあまりいなかった。滝蔵は窓に近い席に腰を下ろし、せいろを二人前頼んだ。店前に大八車を横付けしたので、不逞《ふてい》の輩《やから》に悪戯《いたずら》されないように店の中から見える席を取るのがいつものことだそうだ。

滝蔵は蕎麦が運ばれて来るまで、手拭《てぬぐ》いで顔と首の汗を拭い、冷えた麦湯を啜《すす》った。滝蔵と向かい合って座っていると幸太は何やら居心地《いごこち》が悪かった。そういう年頃でもあったのだろう。

その蕎麦屋は表通りに面していたので、窓から往来する人々の姿が見えた。日本橋ほどではないが、結構、繁華な界隈《かいわい》に思えた。

「疲れたか?」

滝蔵はぼんやり外を眺めていた幸太に訊いた。

「大したことないよ。おいら、若《わ》けェから。でも、明日は足が少し痛くなりそうだよ」

「家に戻って、売り物の始末をつけたら湯屋へ行こう。湯に浸《つ》かれば足の痛みも取れる」

「それが長年、仕入れをしてつけた知恵かい」

「まあな」

「植よしは古くからのなじみの植木屋なんだろ？」

「ああ」

「染井になじみの植木屋はねェのけェ？」

滝蔵は「何んでそんなことを訊く」と醒《さ》めたような眼で幸太を見た。

「いや、染井は巣鴨の隣り村だから、そっちまで足を延ばしても、さほど手間は掛からねェと思ってよ。染井のほうが品物は多いんだろ？」

「花屋も縄張《なわばり》があってな、勝手によその植木屋から仕入れできねェことになっているのよ」

滝蔵は渋々応えた。

「そんなもんかな。おいら、染井は仕入れが高《た》けェからお父っつぁんが足を向けないのかと思っていたよ」

「お前ェが千花を継ぐなら、そん時は染井で仕入れな」

滝蔵は突き放すように応えた。だって、縄張があるのなら、そういう訳にも行かないんだろ、と続けようとしたが、蕎麦屋の小女が蕎麦を運んで来たので、幸太の問い掛けは立ち消えとなってしまった。

しばらくは夢中で蕎麦を啜っていたが、その内に蕎麦屋の二階から二人の男が下りて来るのに幸太は気づいた。一人は羽織姿の商家の主《あるじ》らしいのと、もう一人は半纏《はんてん》を纏《まと》った職人ふうの四十がらみの男だった。蕎麦屋の二階は座敷になっていて、商売をする者が商談をしたり、たまさか訳ありの男女が逢引《あいびき》するのにも使われる。

主らしいのが勘定を済ませ、二人が連れ立って外へ出ようとした時、半纏姿の男がこちらを向いて「滝蔵じゃねェか」と、少し驚いた声を上げた。

滝蔵は男を見た途端、眉《まゆ》がきゅっと持ち上がった。それから胡坐《あぐら》をかいていた足を正座にして「兄《あに》ィ、お久しぶりです」と律儀に頭を下げた。幸太も慌てて同様にぺこりと頭を下げた。

「そっちは倅《せがれ》なのか」

男は笑顔で訊いた。

「へい、幸太と言いやす」

「坊主は幾つになる」

「十二です」

幸太はどぎまぎしながら応えた。そうか、もうそんな年になったのか、と男は応えた。それから店の小女を振り返り「あちらさんの勘定を」と言って、懐から紙入れを取り出した。

「兄ィ、そいつはいけやせん」

滝蔵は慌てて制した。

「なあに、たまに会ったんだ。これぐらいさせてくれ」

男は鷹揚《おうよう》に応えた。すんません、と滝蔵は低い声で礼を言った。

「お前《め》ェに折り入って話があるんだが、染井に来ることはねェか」

男は上目遣いに滝蔵に訊いた。

「ありやせん」

滝蔵はその時だけ、きっぱりと言った。

「そうか……お前ェの店は今でも日本橋にあるんだな」

「へい」

滝蔵が返事をした時、外から「卯之助《うのすけ》、いつまで待たせるんだ」と、連れの男の焦《じ》れた声が聞こえた。

「そいじゃ、またその内に」

男は滝蔵に顎《あご》をしゃくると、急いで外に出て行った。男の半纏の背には丸に「植《うえ》勘《かん》」という屋号が印《しる》されていた。

「お待たせして申し訳ありやせん、ちょいと昔の知り合いに会ったもんで」

男が早口で言い訳する声が聞こえた。

二人が去って行くと、滝蔵はほっとしたように短い吐息をついた。それから「今日のことはおっ母さんに喋《しゃべ》るんじゃねェぜ」と幸太に釘《くぎ》を刺した。

「なぜ」

「なぜでもだ」

滝蔵はいらいらして声を荒らげた。

「わかったよ」

幸太は渋々応えたが、腑に落ちないものも感じた。幸太には、植勘の職人が悪い男のようには見えなかった。男のことを口止めされた幸太は、それも隠し事の中に含まれるのかも知れないと、ぼんやり考えていた。

三

幸太は植勘の職人と蕎麦屋で会ったことをおこのに言わなかったが、黙っていることが次第に苦しくなっていた。おけいに打ち明けたかったが、お喋りなおけいは、すぐにおこのの耳に入れるだろう。それもできないと思った。盂蘭盆は千花も大忙しで余計なことを考える暇もなかったが、それが過ぎると、またぞろ滝蔵に釘を刺されたことが幸太は気になり出した。

植勘は染井にある植木屋らしい。そしてあの卯之助という男は植勘の職人だろう。滝蔵が兄ィと呼んでいたので、兄貴分に当たる男かも知れない。ということは、滝蔵は昔、植勘で働いていたのだろうか。様々なことを考えて、幸太の頭の中はこんがらがりそうだった。

「幸太、この頃元気がないけど、何かあったのかえ」

おこのが心配して訊くこともあったが、別に何んでもねェよ、と幸太は応える。植勘を知っているかい、という言葉が喉《のど》まで出かかっていたが、いつもぐっと堪《こら》えていた。

盆休みが終わり、また手習所の稽古が始まった。柏屋の貞吉に「植勘という植木屋のことを知ってるけェ?」とためしに訊いても、知らない、とつれない返答があるばかりだった。

盂蘭盆のひと月後は中秋の名月を迎える。この日はすすきを飾り、月見団子を供しらって売るのだ。

えるのが江戸の慣《なら》わしである。すすきはそこいらの土手に幾らでも生えているから、滝蔵は背負い籠《かご》に鎌《かま》を入れてすすきを刈りに行く。それにほおずきや赤まんまをあしらって売るのだ。

幸太が手習所から戻った時、隣りのおくめが土間口前に出ていた。幸太に気づくと手招きして「お菓子があるよ。持ってお行き」と声を掛けた。

幸太は、うんと応え、おくめの家に入り、上がり框《がまち》に腰を掛けた。おくめは年寄りの亭主との二人暮らしだった。息子はおらず、二人の娘はとうに嫁に行って、家にはいなかった。おくめは亭主が死んだら、娘夫婦の所へ身を寄せるつもりだと言っている。だが、それまでは夫婦二人だけで静かに暮らすつもりらしい。亭主の孫《まご》六《ろく》が神棚を背にして煙管《きせる》を吹かしていた。昔は腕のいい大工だったそうだ。

「爺《じじ》、元気か」と幸太が声を掛けると、こくりと肯いた。数年前に中風《ちゅうぶ》を患ってから、あまり言葉を喋らなくなった。おくめのことを小母ちゃんと言うくせに孫六のことは爺と呼び捨てにしている。おこのには窘《たしな》められるが、当の孫六は幸太に爺と呼ばれることをむしろ喜んでいる様子だった。

「昨日、お饅頭《まんじゅう》を貰ったのさ。あたしらだけじゃ食べ切れないから、幸ちゃんにお裾《すそ》分《わ》けだ」

おくめは張り切って菓子箱から白い饅頭を取り出し、紙に載せてくれた。

「ありがと、小母ちゃん」

幸太は笑顔で礼を言った。

「おや、いい挨拶だ」

おくめは眼を細めて褒《ほ》めてくれた。そのまま出て行こうとしたが、ふと幸太は植勘のことを思い出し、おくめに訊ねてみる気になった。

「小母ちゃんよう、植勘という植木屋を知ってるけェ?」

「え、何んだって?」

おくめは素《す》っ頓狂《とんきょう》な声を上げた。

「染井の植木屋の植勘だよ」

「それがどうしたのさ」

「知ってるかと訊いたんだよ」

「さあ、どうだろうねえ」

おくめは曖昧《あいまい》に応える。知らなかったら、そんな言い方はしないはずだ。おくめは何か知っているのだと、幸太はピンときた。

「その植木屋とうちのお父っつぁんは何か繋《つな》がりがあるのけェ?」

「繋がりって、詳しいことは何んにも知らないんだよ」

「だけど植勘は知っているんだね」

「ああ」

おくめは低い声でようやく応えた。だが、すぐに「あたしが植勘を知っていたなんて、家に帰ってお父っつぁんやおっ母さんに言わないどくれ」と、哀願するように続けた。

「小母ちゃんはお父っつぁんと同じようなことを言うんだな。先月、お父っつぁんと一緒に仕入れに行った帰り、蕎麦屋で植勘の職人と会ったんだ。お父っつぁんはそのことをおっ母さんに喋るなと言ったんだよ。なぜだと訊いても理由は言わなかった。おいら、そのことが気になって仕方がなかったんだ。だが、小母ちゃんも喋ってくれそうにねェな。おいらの耳に入れたくない訳でもあるんだろう」

幸太はため息交じりに言った。

「滝蔵は植勘の職人だった」

突然、孫六が口を挟《はさ》んだ。おくめは慌てて「お前さん、およし」と制した。だが、孫六は、いいじゃねェか、滝蔵が植勘の職人だったことを内緒にすることはねェと言った。

滝蔵が染井に仕入れに行かないのは、昔の奉公人達と顔を合わせるのがいやなせいなのだと思った。しかし、なぜいやなのかがわからない。もっと深い理由がありそうな気がした。

「お父っつぁんは植勘に奉公していたなんて一度も喋ったことはねェよ。爺、それはどうしてよ」

幸太は首を伸ばして訊いた。孫六は長火鉢の縁《ふち》に煙管の雁首《がんくび》を打って灰を落とし、痰《たん》のからまったような咳《せき》をしたが、それ以上はひと言も言わなかった。話はそれだけだ、という感じだった。

「うちのお父っつぁんは何かしくじりをして植勘を辞めたんだな。だからここで花屋を開いたんだろう」

鎌をかけるように言うと、おくめは「そうじゃないよ。滝蔵さんとおこのさんには色々事情があったんだよ。幸ちゃん、後生だからこれ以上、あれこれ訊かないどくれ。おこのさんが可哀想《かわいそう》だ」

おくめはそう言って前垂れで眼を押さえた。

滝蔵だけでなく、おこのも植勘と関係があったのかと幸太は驚いた。

「饅頭、ごっそうさん」

幸太は礼を言って腰を上げた。

うちには何やら隠し事がある。その思いを幸太は強くした。隠し事はその内にばれるものだ。滝蔵が内緒にしていても、この間のように植勘の職人に会うこともあるし、隣りのおくめだって、とっくに承知している様子である。隠し事を知ることは怖いような、わくわくするような不思議な気分を幸太にもたらしていた。

花の束を拵《こしら》える滝蔵の表情を幸太はじっと窺《うかが》うことが多くなった。愉快な話に噴き出すように笑うおこのの顔も。だが、表向きは何んの変哲もない花屋の親仁《おやじ》とその女房だった。

幸太の疑問が解ける日は存外、早く訪れた。

幸太が手習所の稽古を終え、八つ（午後二時頃）に家に戻った時、内所《ないしょ》（経営者の居室）に客が座っていた。客は神田の蕎麦屋で会った卯之助という植勘の職人だった。滝蔵は振り売りに出ていたので、そこにはいなかった。

幸太がぺこりと頭を下げると、卯之助は笑顔で肯いた。

「この間も顔を見たが、利口そうな倅だ。やあ、大旦那《おおだんな》にもよく似ている」

卯之助はしみじみと幸太を見る。幸太はきまりが悪かった。

「あんた、うのさんと会ったことがあるのかえ」

おこのは意外そうな顔で訊いた。

「ああ」

「どうして黙っていたのさ」

「どうしてって、お父っつぁんが喋っちゃならねェと言ったからよ」

「そうかえ……」

おこのはあっさりと引き下がった。いつもならそんな引き下がり方はしない。もっとしつこく問い詰めるはずなのだ。

「姉ちゃんは？」

幸太は客の傍にいるのが気詰まりでおこのに訊いた。

「二階の部屋にいるよ」

「ちょっと、姉ちゃんの顔を見てくらァ」

幸太はそう言って、内所と奥の間にある階段を上がった。

おけいは前垂れで顔を覆って泣いていた。

「姉ちゃん……」

幸太が声を掛けると、おけいは顔を上げた。

瞼が腫《は》れている。

「どうして泣くのよ」

「幸太、あたしねえ、あんたの本当の姉ちゃんじゃないのよ」

突然そんなことを言われて、幸太は言葉に窮した。

「あたしはお父っつぁんの連れ子で、おっ母さんはあたしに同情してお父っつぁんと一緒になったのよ」

「誰に訊いたのよ」

幸太はようやく口を開いた。

「階下《した》にいるお客さんがそんな話をしていたの。あたし、それでいっぺんに合点がいったのよ」

おけいは開き直った表情で言う。だが、新しい涙が湧《わ》いていた。

「お、おいらは？　おいらは誰の子供だい？」

「あんたは正真正銘、お父っつぁんとおっ母さんの子よ」

「姉ちゃん、今まで何も気づかなかったのか？」

「あたし、お父っつぁんとおっ母さんが一緒になった時、まだほんの赤ん坊だったから何も覚えていなかったのよ」

おけいは前垂れで涙を拭う。おこのの実の娘じゃなかったことに衝撃を受けていた。無理もない。幸太だって心ノ臓《しんぞう》が飛び出そうなほど驚いたのだから。

「それで、あの客は何しにうちへ来たのよ」

「決まってるじゃない。おっ母さんを連れ戻すためよ」

「連れ戻すって、どこへ」

「染井の植勘よ」

「なぜ……」

訊いた幸太の声が掠《かす》れた。幸太も泣きそうだった。

「おっ母さんは植勘の娘なのよ」

「……」

幸太はたまらず咽《むせ》んでいた。親子四人のささやかな暮らしが、これで終わりだと言われたような気がして、それが幸太には切なかったのだ。

「泣かないで幸太。おっ母さんのてて親は、つまりあんたのお祖父《じい》さんよ。そのお祖父さんが病で気が弱くなっているそうなの。それで毎日おっ母さんの名前を呼ぶんですって」

「だからおっ母さんは実家に戻るってか？」

「親の面倒をみるのは子供なら当たり前よ」

おけいは至極当然のように言った。

「看病が終われば戻って来るんだろ？」

「そういう訳には行かないの。おっ母さんは一人娘だから植勘を継がなきゃならないのよ。だから多分、あんたも一緒に染井に行くことになると思うよ」

「おいら、いやだ！」

「あたしだっていやだよ」

それから二人は手を取り合って、しばらく泣いた。

卯之助が話を終えて帰っても、内所からもの音ひとつしなかった。おこのもこの先、どうしたらいいのか途方に暮れていたのだろう。

やがて、晩めしの買い物にでも行くのか、おこのは二階に声を張り上げた。

「おけい、店番しとくれ」

「はい……」

おけいは応えて腰を上げた。

何も知らない滝蔵は振り売りを終えて戻ると、いつものように幸太を連れて湯屋へ行った。

それから晩めしになったが、おこのは暗い顔をしたままだった。

「何んでェ、その面《つら》は」

案の定、滝蔵は不機嫌な声を上げた。

「今日、植勘の卯之助さんがここへ来たんですよ」

おこのは低い声で応えたが、仏頂面《ぶっちょうづら》のままだった。

「それがどうした」

「実家のお父っつぁんの具合が悪いから、あたしに顔を見せに来てくれって」

「向こうに行ったら、ここには戻れなくなるぜ。それでもいいのか？」

滝蔵は脅《おど》すように言う。

「実の親の見舞いに行くのに、そんな大袈裟《おおげさ》に考えなくてもいいと思うけど……」

おこのは茶を啜りながら、もごもごと応える。湯呑《ゆのみ》を持っていたおこのの手を滝蔵が邪険に払ったので、幸太は胸がどきりとした。

湯呑は部屋の隅に転がり、おこのの前垂れが濡《ぬ》れた。おこのは慌てて雑巾《ぞうきん》を取り上げ、前垂れと濡れた畳を拭《ふ》いた。

「手前ェ、おれと一緒になる時、何んと言った。二度と植勘の敷居は跨《また》がないとほざいただろうが」

　滝蔵は眼を三角にして怒鳴る。

「病なら仕方がないじゃないの」

　おけいが口を挟むと、それが気に入らないとばかり、滝蔵はおけいの頬に平手打ちを喰らわせた。おけいはたまらず泣き出した。

「おけいが何をしたって言うのさ。乱暴はやめておくれな」

　おこのは少し強い口調で滝蔵を制した。

「うるせェ！」

　言いながら、滝蔵は手当たり次第、そこいらにあった物をおこのに投げつける。

「やめろ、お父っつぁん」

　幸太は立ち上がって言った。

「手前ェも一緒に染井に行きやがれ。おれァ、ほとほと愛想が尽きた。手前ェらの面は見《ほ》たくもねェ！」

　滝蔵が吼えた時、おこのはその胸にむしゃぶりついた。それから、幸太が今まで見たこともない激しい夫婦喧嘩が始まった。おこのは滝蔵に顔が腫れるほど殴られ、それでも足りずに流しの水瓶《みずがめ》の柄杓《ひしゃく》で、したたか足を打たれた。おこのは台所から外に飛び出し、隣りのおくめの家に逃げ込んだ。

家の中は空き巣に入られた後のようにめちゃくちゃだった。滝蔵は「くそ、おもしろくもねェ。飲みに行ってくるわ」と言って、外に出て行った。

おけいは泣きながら割れた茶碗《ちゃわん》や小皿を集めた。

「おいら、訳わかんねェよ。何んでこんなことになるのか」

幸太は苛立《いらだ》った声を上げた。

「怖いのよ、お父っつぁんは」

おけいは洟《はな》を啜りながらぽつりと言った。

「怖い？」

「いつかおっ母さんがこの家から出て行くのじゃないかと、いつもはらはらしていたのよ。きっと、そう」

「んなこと言ったって、おいらも姉ちゃんもいるし、おっ母さんが今さら出て行く訳がねェじゃねェか」

「でも、あたしは十五になったし、あんただって十二だ。今夜のことで、おっ母さんは、そろそろ潮時だと思ったはずよ」

「まさか」

俄には信じられなかった。やがて、おこのが戻って来ると、すまなかったねえ、と言った。滝蔵の姿がなかったのに、どこへ行ったのかとも訊かなかった。

四

三人で手分けして片づけを済ませると、おこのは改まった顔で「おけい、ここにお座り」と言った。おこのの顔は青膨《あおぶく》れて、いつもの人相ではなかった。

おこのは父親が心配だから様子を見に行くつもりだが、そうなると滝蔵は戻って来ても自分を家の中に入れないだろう。夫婦別れを覚悟の上で行かなければならないと言った。お父っつぁんのことを頼んでいいかと、おこのはおけいに訊いた。

「ええ……」

おけいは消え入りそうな声で応えた。

「幸太は植勘の跡取りだから連れて行くよ。それも了簡《りょうけん》してくれるね」

「わかってる」

「おっ母さん、おいらは行かねェ。姉ちゃんと別れるのはいやだ」

幸太は悲鳴のような声で叫んだ。

「あたしが出て行ったら、お父っつぁんはお前に何をするかわからないよ。それでもいいのかえ」

そう言われると、幸太は返す言葉もなかった。

「本当はお父っつぁんとおけいも一緒に連れて染井に帰りたいんだよ。でも、それはお父っつぁんが承知しないだろう。もしも、その気持ちが少しでもあったのなら、お父っつぁんは染井の植勘で仕入れをしたはずだ。植勘の娘をさらって、自分の後添えにしたことで、あたしの父親の顔に泥を塗ったと思い続けていたんだよ。多分、いつかはこうなることをお父っつぁんは心のどこかで考えていたはずだ。その時がやって来たんだよ。そうだろ、おけい」

「ええ。おっ母さんはあたしのためにお父っつぁんと一緒になったのね」

おけいは涙で潤んだ眼でおこのに訊いた。

「お父っつぁんは植勘の職人だったんだよ。庭造りの腕があって、誰もが一目置いていた。もちろん、あたしの父親もその腕を頼みにしていたよ。お父っつぁんは幼なじみの娘と祝言を挙げ、張り切って仕事をしていたよ。その女房が、つまり、おけいのおっ母さんだ。ところが、あんたのおっ母さんは、あんたを産み落としてすぐに亡くなってしまったんだよ。お父っつぁんには身近にきょうだいも親戚《しんせき》もいなかった。乳飲み子を抱えては働けないから、日中はあたしとあたしの母親がおけいの面倒を見たよ。その内にあたしはおけいにすっかり情が移っちまって、傍を離れることができなくなったのさ。ちょうどその頃、『植政《うえまさ》』という植木屋の息子が植勘に養子に入る話が持ち上がっていた。あたしは切羽詰まった気持ちになり、お父っつぁんに無理を言ったのさ」

「駆け落ちしようって？」

おけいはおそるおそる訊いた。

「そう、駆け落ちさ。着の身着のままで日本橋まで逃げて、おくめさんと孫六さんに縋《すが》ったのさ。おくめさんは昔、植勘で女中をしていたんだよ。孫六さんはこの家が空き家になっていたので、家主《やぬし》さんに掛け合って借りてくれ、おまけに花屋を開けるように造作もしてくれたのさ。あの二人がいなかったら、あたし達はとっくに野垂れ死にしていたよ」

おこのはしみじみした口調で言った。親きょうだいがいなかったのは、おこのではなく滝蔵だったと、幸太はようやくわかった。

「おっ母さん……」

突然、おけいは三つ指を突き「今まで育ててくれてありがとうございます」と丁寧に礼を言った。

「そう思っておくれかえ。こっちこそ、傍にいてくれてありがとよ」

おこのも泣きの涙で言った。

本当にこれで終わりなのだろうか。幸太は涙に咽ぶ二人をぼんやり見つめながら胸の中で考えていた。

滝蔵は三人が床に就《つ》いた頃に、正体もなく酔っ払って戻り、そのまま内所で朝まで寝ていた。だが、朝はいつも通り起きて、おこのの作った朝めしを食べると振り売りに出かけた。

滝蔵が出かけると、おこのはよそいきの着物に着替え、当座の身の周りの物を風《ふ》呂《ろ》敷《しき》に包んだ。幸太もこざっぱりとした着物を着せられた。

「おけい、それじゃ後のことは頼んだよ。荷物は店の者を寄こすから、それまでに纏めておいておくれね」

おこのはてきぱきとおけいに命じた。その表情には、もはやめそめそしたものはなかった。おけいも泣かないようにがんばっていた。

幸太はおけいに何も言えなかった。おけいは愛《いと》しそうな眼を幸太に向けて「風邪《かぜ》を引かないようにおしよ。手習所のお師匠さんにはあたしから伝えておくから」と言った。

「柏屋の貞吉にも……」

幸太はようやくそれだけを言った。わかった、とおけいは泣き笑いの顔で応えた。

おこのは家を出ると、つかの間、土間口前を眺めた。これでおさらばだと自分に言い聞かせていたのかも知れない。

「さ、行くよ」

おこのは思いを振り切って幸太を促した。

「隣りの小母ちゃんと爺に挨拶しねェのかい」

幸太はおくめと孫六を気にした。

「ゆうべの内に挨拶は済ませたよ」

「手回しが早ェんだな」

ちくりと皮肉が出た。おこのは、ふっと笑って歩みを進めた。いつも父親と仕入れに行く道筋である。おこのと一緒に行くのは妙な気がしてならなかった。

屋根つきの門が見えた時、そこが植勘の店だとおこのは教えてくれた。

門をくぐると、両側に秋の草花が咲いていた。いったいどれほどの広さなのだろうか。巣鴨や駒込の植木屋より、ひと回りもふた回りも広く感じられた。母屋の後ろには樹木が等間隔に植わっており、鯉《こい》を泳がせている池もあった。

「さ、この中にあんたのお祖父さんがいるんだよ。ちゃんと挨拶しておくれね」

おこのは幸太の襟《えり》の乱れを直しながら言った。しかし、幸太はおこのの話を上の空で聞いていた。幸太の眼は土間口前の柳の樹に注がれていた。

「おっ母さん、植木屋も店先に柳を植えているんだね」

「そうだねえ。これは看板みたいなものだから」

「うちの店の構えとそっくりじゃねェか」

見れば見るほど、幸太にはそう思えてくる。

柳の樹も、開け放した油障子の前に下げた二張りの簾も。

それはおこのが寂しくないように滝蔵が気を遣ったからだと幸太は思う。すると、滝蔵もおけいもこのまま置き去りになんてできないという気持ちになっていた。

「お嬢さん、よく決心して下さいやした。ささ、中へどうぞ。大旦那がお待ちですよ」

卯之助が二人に気づいて中へ促した。広い式台に上がり、そこから坪庭を横に見ながら長い廊下が続く。植勘の主、勘太郎《かんたろう》は母屋の奥の部屋で床に臥《ふ》せっていた。

傍には女中らしいのがつき添っていた。おこのの母親は数年前に亡くなっていた。勘太郎が心細い気持ちになったのもわかるというものだった。

「お父っつぁん、長い間、ご無沙汰《ぶさた》しておりました。ただ今、戻りました」

おこのは涙声で言った。

「どうしたその面は。滝蔵にやられたのか？」

青膨れしたおこのの顔を見て勘太郎は心配そうに訊いた。骨と皮ばかりの痩せた身体《からだ》で、髪もほとんど真っ白だった。しかし、見舞いに来る客を意識してか、きれいに撫でつけられており、見苦しい感じはしなかった。

「ええ、お父っつぁんの見舞いに行くと言ったら、うちの人、荒れちまって、こんなざまになってしまいましたよ」

おこのは情けない顔で応えた。ささ、幸太もご挨拶して、あんたのお祖父さんだよ、とおこのは続けた。

「幸太というもんです。病が早く癒《い》えるといいですね」

ぼそぼそ言うと、勘太郎は愉快そうにホッホと笑った。

「何んだねえ、その挨拶は」

おこのは苦笑した。

「いや、お前と幸太が来てくれたんで、わしも元気が出たよ」

「これからは今までの分まで親孝行するつもりですから、お父っつぁん、安心して」

おこのは勘太郎を励ますように言った。うんうんと肯いた勘太郎は、ふと気づいたように「幸太は植勘を継いでくれるのけェ」と、心配そうに訊いた。

「爺がお望みなら」

幸太は孫六に呼び掛けていたように応えた。

「爺って、あんた」

おこのは慌てて幸太を窘《たしな》める。

「いいじゃねェか。わしは爺に間違いねェからな」

勘太郎は鷹揚に言う。

「おっ母さんは一人娘だから倅のおいらが植勘を継ぐのは道理だ。だけど、爺、おいら、ひとつ条件がある」

幸太は思い切って言った。

「何んだ」

「お父っつぁんと姉ちゃんもここへ呼んでくれ。おっ母さんとおいらが今まで干乾《ひぼ》しにならずに済んだのは、皆、お父っつぁんのお蔭《かげ》だから」

「幸太！」

おこのは驚いた声を上げた。その後で、お父っつぁんが承知しないよ、と言い添えた。

「いいや、おいらが言えば承知する。お父っつぁんはおっ母さんと駆け落ちする時、爺に店を辞める挨拶はしていねェ。お父っつぁんはまだ植勘の職人の身分だ。そうだろ、爺」

「ああ」

勘太郎は幸太の理屈に感心したような表情で応えた。

「おっ母さん、店の前の柳を見た途端、おいらはお父っつぁんの気持ちがわかった。日本橋の千花は植勘と同じ風情だ。おっ母さん、うちの店は植勘の雛形《ひながた》よ。それはなぜかわかるか。お父っつぁんだって植勘に未練を残していたからよ」

幸太の胸にわだかまっていたものが迸《ほとばし》るように口を衝《つ》いて出ていた。

「おっ母さん、けりをつけるのはまだ早いぜ。今からやり直そう。それが皆《み》んなのためだ」

幸太は泣き出したおこのに続けた。

「んだなあ。滝蔵のことをとんでもねェ奴《やつ》だと恨んでいたが、どうしてどうして、幸太を男気のある倅に育てた。大したもんだ」

「そいじゃ、爺。おいらの思う通りにしていいんだな」

　幸太は確かめるように勘太郎へ訊いた。

「お前はいずれ植勘の主だ。好きにしな」

　勘太郎がそう言った途端、おこのは声を上げて泣いた。青膨れのおこのの泣き顔は見られたものではなかったが、幸太は満面の笑みで、爺、ありがとよ、と応えた。あれほど嫌っていた柳の樹が幸太にとって大事なものになった。滝蔵は素直に植勘に戻るとは言わず、それからすったもんだがあったが、卯之助と昔の仲間に小突かれて、ようやく観念した。ひと月後には上槙町の家を引き払い、以前のように植勘の職人として働くようになった。

　おけいもおこのと一緒に台所を手伝っている。幸太は滅法界もなくいい気分だった。

　桜の季節を目前にして植勘は俄に忙しくなった。育てた桜の樹を引き抜き、馬車に乗せて吉原《よしわら》に運ぶのである。仲《なか》の町《ちょう》の通りに桜の樹が植えられるのだ。それが名高い吉原の桜となり、夜桜見物に訪れる客も多い。

滝蔵も奉公人達と一緒になって多くの桜を積み上げていた。

「お父っつぁん、間違って柳を乗せるなよ」

幸太はつまらない冗談を言った。

「何言いやがる」

真顔で滝蔵は怒る。

「だってよう、お父っつぁんの一番好きな樹は柳じゃねェか。それも花屋の柳だ」

「今だから言うが、おれァ、柳の樹なんざ、大嫌《き》れェだ」

滝蔵は吐き捨てるように言う。

「辛気臭ェからか」

「おうよ」

「そいじゃ、おいらも言わせて貰うが、昔のお父っつぁんは柳みてェに辛気臭くて陰気な男だったぜ」

そう言うと、滝蔵は呆気《あっけ》に取られた顔になった。聞いていた周りの職人が声を上げて笑った。

その日、空はぼんやり曇っていた。振り向けば、母屋の前の柳が春の風に微《かす》かに揺れていた。幸太は柳の樹を辛気臭いとも陰気だとも思わなくなった。人の心模様によって草花の風情も変わって見えるものだ。幸太は短い間にそれを悟っていた。時々、上槇町の柳を思い出すこともあったが、滝蔵の話では、もとの家は居酒見世《いざかみせ》に変わり、柳の樹も伐《き》られてしまったという。幸太にはそれが少し残念だったが、植勘の柳があるから、まあいいかと思うようにしていた。

松葉緑

一

松の内が過ぎた江戸はうっすらと雪化粧に覆《おお》われていた。庭の松の枝には真綿を被《かぶ》せたような雪が積もっている。雪は陽《ひ》の光を受けて五色にきらめいていた。それを見て、美音《みね》はつかの間、倖《しあわ》せな気持ちになった。その日一日を快く過ごせるような気もした。

朝の五つ（午前八時頃）には近所の娘達が訪れ、障子は閉めてしまったが、陽の光はそれからも十畳の隠居所に優しく注《そそ》いでいた。

娘達は口々に新年の挨拶《あいさつ》を述べ、美音は皆に僅《わず》かな小遣いが入った祝儀袋を渡した。ほんの年玉のつもりである。娘達は恐縮しながらも一様に嬉《うれ》しそうな表情を見せた。

帰りにお汁粉屋に寄ろうかと、質屋「松代屋《まつしろや》」の女中をしているおふみが声を弾《はず》ませて他の娘を誘った。すぐに同調したのは棒手振《ぼてふ》りの魚屋の娘のおうただった。小間物屋の娘のおはつは、小首を傾《かし》げ「すぐに遣ってしまうのはもったいないよ」と、言った。

　幕府の小普請組《こぶしんぐみ》に所属する小久保彦兵衛《こくぼひこべえ》の娘のあさみと、同じく小普請組の工藤《くどう》平三郎《へいざぶろう》の娘のきなは、何も言わず三人の娘のやり取りを見ている。お金の問題になると、二人は個人的な意見を控える傾向がある。それが、武家の娘のたしなみと躾《しつけ》られているようだ。ここでも町家と武家の娘の違いは出るものだと美音は内心で思ったが、お好きなようにお遣いなさいまし、と笑顔で皆に言った。

「でもご隠居様、この次のお稽古《けいこ》には、このお年玉の遣い道をお訊《たず》ねになるのでございますね」

　あさみは美音の胸の内を読んでいるかのように訊《き》いた。

「商家の分際で武家のお嬢様にお足を差し上げたとしたら、お父上に叱《しか》られるかしら」

　美音は少し心配になった。痩《や》せても枯れても武士は武士、商いで金を稼ぐ商家の施《ほどこ》しは受けぬと眼を剝《む》かれる恐れもあった。

「いえ、父に申し上げるつもりはございません。母にはそっとお伝え致します。母はご隠居様のご好意をありがたく思ってくれるはずです。元々、手習所《てならいどころ》にも通えず、母の内職を手伝っていたわたくしですもの、ご隠居様の所へ通って行儀作法を教えていただくのは嬉しい限りでございます。その上、このようなお心遣いをいただき、何んとお礼を申してよいかわかりません」

あさみはそう言って頭を下げた。

「わたくしもあさみさんと同じ気持ちです」

きなも畏《かしこ》まった表情で応《こた》えた。

「まあまあ、あたしが酔狂《すいきょう》ですることをそんなふうに思ってくれるなんて、それこそ嬉しい限りですよ」

美音は笑顔で応えた。三人の話を聞いて、おはつは「あたし、すぐに遣わず、蓄《たくわ》えておきます。本当にほしい物があった時に遣わせていただきます」と言った。

「それじゃ、本日のお汁粉屋は諦《あきら》めるしかないか」

おふみはつまらなそうに口を挟《はさ》んだ。

「またという日もあるし」

おうたが言うと、他の娘達は声を上げて笑った。おうたは魚屋の娘らしく、さばさばしている。娘達の中で一番年下の十三歳である。おふみが年長の十七歳で、あさみときなは十六歳、おはつは十四歳だった。武家と町家の娘と身分は様々だが、娘達の暮らしは皆、一様に貧しかった。

美音は貧しい娘達を集めて施しをしようというつもりはなかった。しっかりと人生を歩み、倖せになってほしいと思っているだけだ。そのために齢《よわい》五十五になった美音が適切な助言を与え、正しい方向へ導いてやりたいと考えたのだ。貧しさゆえに不幸になる娘は何人も見ていた。娘達がしっかりした考えを身につけていれば、そうそう不幸にならないのではないか。美音は亭主が亡くなると、息子達に商売を任せ、自宅の離れに隠居所を建て、そこで寝起きし、伴《とも》もつけずに外出するようになった。もちろん、息子達はそんな美音のやり方に反対した。世間体が悪いと。蚊《か》帳商《やしょう》「山里屋《やまざとや》」の大お内儀《かみ》として、それなりに振る舞って貰《もら》いたいらしかった。美音はそれをやんわりと蹴《け》った。自分は長年、お店《たな》に尽くした。残り少ない人生を好きにさせてくれと。もちろん、店の暖簾《のれん》に瑕《きず》をつけるようなことはしない。ただ、今まで自分が考えていたことをしたいだけだと息子達を諭《さと》した。

息子達は美音が何をやりたいのか、さっぱり見当がつかなかったが、やがて隠居所に娘達がやって来て、手習いをしたり、生け花をしたり、茶を飲みながら楽しく話をしている様子を見て、ようやく安心したらしい。

息子達は美音が暇潰《ひまつぶ》しに近所の娘達を集めていると思っているようだ。

美音は娘達に本当の女の道を指南するつもりだった。美音の所に集って来る娘達は、早ければ一、二年の内に縁談が持ち上がるだろう。あまり時間がなかった。

「さて、本日は新年最初の集りですから、手習いはせずにあたしの話を聞いていただきましょう。あたしの話が終わった後で、各自、意見を述べていただきたいと思います」

「いやだ、ご隠居様。あたし、皆《み》んなとお喋《しゃべ》りをするのは好きだけど、改まって話をするなんて苦手です」

おふみは顔をしかめて言う。

「あなたは松代屋さんの女中さんをしておりますけれど、将来はどうしたいと考えているのですか。あなたは年が明けて十七歳になり、順番なら一番早く嫁入りをする立場ですよ。もう少し、しっかりなさいまし」

美音は少し厳しい声で言った。

「お嫁入りなんて、まだ考えたこともありませんよ。どうせ、お店の旦那《だんな》かお内儀さんが勧めた縁談に、うちの実家のお父《と》っつぁんが賛成すれば、いやもおうもなく承知しなければならないのですもの」

おふみは不満そうに口を返した。おふみは美人とは言い難いが、醜女《しこめ》でもない。不満があると顔に出る。それを美音は苦々しく思うこともあった。

「あら、世の中の流れを存外にご存じじゃないですか。おなごの嫁入りなんて、おうおうにしてそうしたものです」

美音はさらりと応えた。

「でしたら、ご隠居様が何をおっしゃりたいのかわかりませんが、あたしの嫁入りについてあれこれおっしゃるのも無駄なような気がしますよ」

「でも、あなたの本心はどうなのですか。お店のご主人やお内儀さんの勧める縁談に黙って従い、それでよろしいの？」

「それは……」

おふみは言葉に窮して俯《うつむ》いた。

「ご隠居様、意に染まない縁談は断ってよろしいのでしょうか」

あさみが不安そうに訊《き》く。

「いやです、と木で鼻を括《くく》ったように応えたら、先様《さきさま》はおなごの分際で生意気を言う、そんな娘はこちらからお断りだと腹を立てるでしょうね」

「では、どうしたらよろしいのでしょうか」

あさみはそれが肝腎《かんじん》とばかり、つっと膝《ひざ》を進めて美音を見た。幼い頃から両親に厳しく礼儀を躾《しつけ》られたあさみは、おふみのようにずけずけしたもの言いはしない。笑う時も眉根《まゆね》を寄せて低い声で笑う。誰しも一目で好感を持つ娘だ。

「とてもありがたいお話ですが、少し考える時間をいただきとうございます、と応えましょう。即答はいけません」

美音は、きっぱりと言った。

「まるでご商売の駆け引きのようですね」

きなは苦笑して言った。

「その通り、この世は何事も駆け引きです。お先走ってもの事を決めても、ろくな結果を招きませんからね」

美音はきなに笑顔を向けた。きなは素直に肯《うなず》く。

「でも、縁談を一時保留にしても、すぐに先様から催促があると思いますが」

あさみは納得できずに言う。

「はい、そうですね。その前に縁談のお相手のことをよく調べましょう。仲人口《なこうどぐち》と申して、縁談となると、よい事しか並べませんからね。隠していること、悪い噂《うわさ》などを調べて、これこれこういうことがありますから、この縁談は承知できませんとご両親に申し上げれば、ご両親もわかって下さるはずです」

「それは自分で調べるのですか」

「もちろん、ご自分の生涯の伴侶《はんりょ》になる方のことですから、ようく調べる必要があります」

「どうやって、調べるのでしょうか」

「先様のご近所のおかみさんなどは案外、事情を知っているものですよ。ご近所を何軒か訪《たず》ねたら、何かわかるというものです。お一人で行くのがいやなら、お母上か、ここにいるお友達を誘ってお行きなさいまし」

「まるで岡《おか》っ引《ぴ》きみたい」

おうたが可笑《おか》しそうに笑った。

「そうそう、岡っ引きの親分に訊いてもよいかも知れませんね」

美音は悪戯《いたずら》っぽい顔で応えた。

「本日の教訓は、縁談が持ち上がってもすぐに承知せず、相手のことをよく調べてから返答すること、そうですね、ご隠居様」

おはつが張り切った声で結んだ。美音は満足そうに肯いた。

美音はそれから娘達に手鏡を持たせ、自分の容貌《ようぼう》の長所と短所を言わせ、他の娘達から見たその娘の長所と短所も言わせた。それによると、あさみは奥ゆかしいが、少し陰気であるとか、きなは眉毛が猛々《たけだけ》しいので、少し整えたらよいとか、おうたは少し口が大きいので大口を開けて笑うのは控える、おはつは笑うと眼が糸のように細くなり、それが愛嬌《あいきょう》となる、おふみは小ずるい表情が感じ悪いなどという意見が飛び交《か》った。まずは己《おの》れを知ることが肝腎である。

部屋の中の空気を入れ換えるため、美音は立ち上がり、そっと障子を開けた。その拍子に松の枝の雪がどさりと落ちた。娘達は気づかず、お互いの話に夢中だった。

二

日本橋の中橋広小路町《なかばしひろこうじちょう》にある山里屋の初代弥左衛門《やざえもん》が商売を始めたのは永禄《えいろく》十年（一五六七）で、弥左衛門が十九歳の時だった。蚊帳を天秤《てんびん》棒に括りつけて行商に出たのだ。

蚊帳は一家に一張は必要な家財道具である。それがなければ人々は、やぶ蚊の多い夏を過ごせない。

弥左衛門は二十年ほど蚊帳の行商をして財を蓄え、今の場所に間口二間の店を開いた。弥左衛門は奥州の山里村という小さな村の出身だったので、故郷に因《ちな》む屋号を自分の店につけたのである。

　店は家人に任せ、弥左衛門はそれからも行商の仕事を続けた。この弥左衛門の息子が二代目山里屋金五郎《きんごろう》で、金五郎も父親の跡を継いで蚊帳の行商をして、江戸市《し》中《ちゅう》ばかりでなく、近郊の村々も廻《まわ》った。ある日、行商の旅の途中で、新緑の松葉の色に目を奪われ、その色の蚊帳を作ることを思いつく。それまでは蚊帳と言えば灰色のものばかりだった。

　金五郎が考案した松葉緑《みどり》の蚊帳は大当たりした。縁《ふち》を紅《べに》の布にしたのも人の目を惹《ひ》いた。誰も彼もが争うように求め、間口二間の山里屋はたちまち間口を大きく拡《ひろ》げた。その内に蚊帳の他《ほか》に蒲団《ふとん》も売るようになって、山里屋は江戸では知らない者がいないほどの大店《おおだな》にのし上がった。

　美音は武家の娘として生まれたが、父親は禄《ろく》を離れた浪人だった。なぜ、父親が浪人にならなければならないのか詳しい事情は知らなかったが、母親や親戚《しんせき》の者の話だと、仕えていた藩の朋輩《ほうばい》に裏切られたことが原因らしかった。美音は長女だったが、美音の下には弟と妹が四人もいた。両親の内職だけでは親子七人が食べるのもままならなかった。

美音が十五歳の時、母親に内職を回してくれていた呉服屋「西村屋《にしむらや》」のお内儀が美音に手伝いをしてほしいと言って来た。ちょうど師走《しわす》の頃で、西村屋は新年に贔屓《ひい き》の客へ年玉代わりの手拭《てぬぐ》いを配るのが恒例だった。畳んだ手拭いに店の名を記した熨斗《のし》紙を掛ける作業は、いつもお内儀が一人でやっていたという。

ところが、お内儀は秋口に肩を痛め、三百という数の手拭いを用意するのが困難になっていたらしい。店の者に手伝いを頼もうにも、師走の時期は誰でも忙しい。切羽詰まったお内儀は美音に手伝わせようと考えたのだ。そうすれば、美音の一家も少しは助かるだろうという気持ちもあったのだろう。

美音はもちろん、喜んでそれに応じた。手拭いの作業をする間は店に泊まり込み、三度三度、食事ができるのも魅力だった。

お内儀のお桑《くわ》は当時、幾つだったのだろうか。自分の母親よりも、かなり年上だったことは確かだ。お桑の子供は息子ばかりだったので、前々から美音を娘のように可愛《かわい》がってくれていた。だから、さほど緊張することなく、美音は西村屋に出かけた。

熨斗紙の上書きはお桑が書き、それを美音が手拭いに被せ、引っ繰り返して、糊《のり》をつけて端を合わせる。作業は単純だったが、容易に仕舞いにはならなかった。

「お内儀さんは、お年玉作りを何年も一人でなさっていたのですね」

美音は手を動かしながら感心して言った。

「あたしが手ずから用意した物と知れば、お客様は、たかが手拭いといえどもありがたがって下さるのですよ」

「そうですよね。よそのお店はこんなことは奉公人に任せていますもの。お内儀さんは本当にお客様のことを考えていらっしゃるのですね」

「褒《ほ》めておくれかえ。嬉しいねえ」

お桑は素直に喜んだ。御納戸《おなんど》色の鮫小紋《さめこもん》に黒の緞子《どんす》の帯を締めたお桑は呉服屋のお内儀らしく、とても品があった。いつもきれいに頭を撫《な》でつけていて、ほつれ毛一本なかった。白髪が増えても、きれいに撫でつけていれば、人からは感じよく見えるものだと美音は改めて思った。

「お内儀さんのそんなお気持ちがご商売に繋《つな》がるのですね。勉強になります」

美音がそう言うと「美音さんはお武家のお嬢さんですから、商家のことを学んでも仕方がないでしょうに」と、お桑は苦笑した。

「あたしはお武家のお嬢さんじゃありませんよ。所詮《しょせん》、喰《く》い詰め浪人の娘です。日々、食べることだけにあくせくして、情けない限りです」

美音の口調は自然に愚痴っぽくなった。お桑の手がその拍子に止まった。

「美音さんはこの先、どのような大人になりたいの？　ううん、もう子供じゃないですよね。二、三年したらお嫁に行かなきゃならないのですもの」

お桑は美音の将来を案じているようだ。

「お内儀さん、お嫁入りなんて考えたこともありませんよ。どだい、お嫁入りの仕度なんて、できない相談です。あたしが町家の生まれだったら、とっくに女中奉公に出されたはずです。そうせずに家にいたのは父の瘦せ我慢《がまん》のせいです」

「瘦せ我慢？」

「ええ。父は武家の娘がお金のために奉公に出るなど世間体が悪いと考えているのですよ。今の暮らしを他人様が見れば、父のお言葉も空《むな》しいものですのに」

「そんなことはありませんよ、美音さん。お父上はお侍《さむらい》の気概を失っておりません。ご立派ですよ」

父親を褒めた人間に美音は初めて会ったような気がした。美音は驚いてお桑をじっと見つめた。

「お侍はお金がなくても、ないという顔をしてはならないのです。空威張《からいば》りでも瘦せ我慢でも、胸を張っていなければなりません。それがお侍というものです。反対に商家の場合はお金のある振りをしてはならないのです。お金のある振りをすれば、無駄なつき合いの掛かりが増えるからです。身なりも質素にして、少ないお金も骨を折って儲《もう》けるのが大事です。苦労して手に入れたお金は身から離れ難《にく》いものですからね」

「武家と商家はまるで考え方が逆ですね。でも、お金はやはりあったほうがいいと思います」

　美音は俯いてそう言った。

「美音さんは正直な娘さんですね。お手伝いをお願いして本当によかった。美音さんが倖せになれるよう、及ばずながらこのあたしも力になりますよ」

　お桑はそう言って柔和な笑みを見せた。美音は、それをうそと言わないまでも、その場限りのお愛想と受け取っていた。年玉物の作業が終わり、美音は幾らかの駄賃を貰《もら》って家に帰った。母親がその金で、慌てて米を買いに行ったのは情けなかったが、少しでも家計の足しになったと思えば嬉しかった。

　年が明け、三が日が過ぎると、西村屋から使いが来て、美音にお桑の身の周りの世話をして貰えないかという伝言があった。女中という言葉を避けたのはお桑の配慮であったろう。父親は年に一両の給金だと聞くと、表向きは渋い表情を取り繕いながらも承知してくれた。

着替えの入った風呂敷《ふろしき》包みを持って家を出る時、美音はなぜか、ここに再び戻ることはないだろうという気がした。思えば、それは予感だったのかも知れない。

その通り、美音はお桑の手伝いをしながら、行儀作法を学び、山里屋の八代目金五郎の許《もと》へ嫁入りすることとなったのだから。

しかし、山里屋の嫁になるまでの三年の間に様々な苦労があった。それを乗り越えられたのは、お桑が身体《からだ》を張って美音を守ってくれたからだ。そうでなければ、美音は今頃、どこでどうしているか自分でも想像がつかない。

あれは奉公に上がって一年ほど経《た》った頃だった。住み込みの女中の一人が厠《かわや》で子供を産み落とすという事件が起きた。美音よりひとつ年上の娘で、太りじしの身体が仇《あだ》となって、子を孕《はら》んでいるのに誰も気づかなかったらしい。西村屋は台所仕事をする女中を五人雇っていた。住み込みの奉公人もいたので、食事の仕度ひとつ取っても大変だった。おといめという娘は十四歳の頃から西村屋に女中奉公に出ていた。引っ込み思案で、口が重く、食べることだけが楽しみのように見えた。身体の変調に気づいていても、それを相談する相手がいなかったらしい。他の女中はおとめを少しばかにしているようなところもあったからだ。

事件が起きてから、他の女中達から、そう言えば、おとめどんの様子がおかしかったという話がようやく出る始末だった。子供は助からず、また、おとめ自身も出産して三日後に亡くなってしまった。

土地の岡っ引きがやって来て、色々と調べたが、おとめの相手の男が誰なのかは、とうとうわからず仕舞いとなった。

西村屋は過分な香典をつけて、おとめの遺骸《いがい》を実家のある上沼袋村《かみぬまぶくろ》へ帰した。おとめのことは、しばらく近所でも噂になっていた。店の女中達の話題も、もっぱらそれだった。だが、美音が女中達の傍《そば》に行くと、さっと潮が引くように女中達は自分の仕事に戻ってしまう。女中達は美音のことをお桑の間者《かんじゃ》だと思っていたようだ。美音に対して打ち解けて話をしてくれる者はいなかった。

恐らく、女中達はおとめの相手に察しをつけていたのだろう。岡っ引きに口を閉ざしたのは店のためでもあったのだ。美音はおとめの相手のことなど見当もつかなかったが、何んとなく、店の人間ではないかという気がしていた。お桑はそれに対して何も言わなかったので、美音は少し不気味な気持ちを抱きながらも自分の仕事を続けていた。

それから半年後、美音はお桑に晒《さら》し木綿《もめん》を持って来るよう言いつけられ、蔵に行った。

蔵は母屋から渡り廊下を進んで行った先にあり、店の者が出入りできる戸口がついていた。

頑丈な鉄の扉もついていたが、日中は開けられていた。中には店の品物が保管されている。京から下って来る品物は通りに面している表の扉から運び込まれるのだ。

晒し木綿は薄い板を芯《しん》にして巻きつけられているが、美音はなかなか見つけられなかった。あちこち探し回って、ようやくそれを見つけた時、背後に人の気配を感じた。一番番頭の太助《たすけ》が「何をしている」と、咎《とが》めるような声で訊いた。

「お内儀さんに晒しを持って来るように言われましたので」

美音は低い声で応えた。太助は普段、店座敷の帳場に座り、手代と客のやり取りに眼を光らせている。だから、そこに太助が現れたことが、美音にとっては意外に思えた。

「お前さんのてて親は侍だそうだな」

太助は口の端を歪《ゆが》めたような笑みを浮かべて訊いた。

「はい……」

「だが、浪人に身を落とし、暮らしがなり立たないから、お前さんはうちの店に奉公に上がったんだな」

　自分をばかにしているとは思ったが、一番番頭の太助に言葉は返せなかった。

「奉公となったら、身分なんざ関係がない。今のお前さんは西村屋のただの女中だ。そうだろ？」

　太助が何を言いたいのかわからなかった。

「お内儀さんがお待ちになっておりますので、ごめんなさい、あたしはこれで」

　美音はそう言って太助の傍をすり抜けようとしたが、太助の手が美音の手首をぐっと摑《つか》んだ。

「何をなさるんですか！」

　美音はそう言ったつもりだったが、恐ろしさに声が詰まった。

「可愛い顔をしているじゃないか。いいねえ、若い娘は」

　言いながら太助は美音の身体を引き寄せた。晒しの束を持っていたため、美音は自由が利かず、そのまま床に押し倒されてしまった。

　太助は荒い息を吐きながら美音の着物の裾《すそ》に手を入れ、内股《うちまた》をまさぐる。美音は恐怖と恥ずかしさで、やめて下さい、やめてと叫んだ。誰か美音の悲鳴に気づいてくれないだろうかと思っても、母屋から離れた蔵の外に人の通る様子はなかった。

美音は必死で抵抗した。閨《ねや》の交わりのことは、まだはっきりと知っていた訳ではなかったが、おめおめと太助の言いなりになるものかと、怒りを覚えながら思っていた。

太助は執拗《しつよう》に美音に迫った。美音は身体を左右に振りながら、太助の力を逸《そ》らした。拳骨《げんこつ》で殴られても美音は観念しなかった。

どれほどの時間が経っただろうか。さすがに四十五歳の太助も息が切れた様子で、僅かに力が弛《ゆる》んだ。美音はその隙《すき》に蔵を飛び出し、泣きながらお桑の部屋に行った。

お桑は髷《まげ》の根が崩れ、着物の裾も乱れた美音の様子に事情をすぐさま察した。

「誰にやられた!」

甲走《かんばし》った声で訊いた。

「いえ、お内儀さん、あたしは大丈夫です。すんでのところで難を逃れました」

太助の名は出せなかった。出してはいけないような気がしてならなかった。その時になって、美音は、おとめを孕ませた相手が太助だったのではないかと思った。

「畜生!」

お桑のしゃがれた声は、普段のお桑のものではなかった。お桑は美音をその部屋に残し、店座敷にいた主《あるじ》の喜兵衛《きへえ》を声高に呼び、二人で蔵に向かった。お桑は太助の狼藉《ろうぜき》にとっくに気づいていたのだ。だが、美音にも手を出したと知ると、これ以上、見て見ぬ振りはできないと決心を固めたらしい。

台所の女中達も騒ぎに気づき、蔵に様子を見に行った様子である。美音はその間に着物の乱れを直し、ほつれた髪を梳《と》かした。安堵《あんど》の気持ちが涙となり、美音はしばらく泣いた。

太助はその日の内に店から追い出された。

数年前に女房を亡くした太助は欲望のはけ口を店の女中に向けていたのである。その餌食《えじき》となったのがおとめだろう。おとめが他言しないのをいいことに太助は何度となくおとめをもてあそんだのである。おとめがいなくなり、太助は次に美音へ狙いを定めていたようだ。

太助の言い訳はいかにも憎らしかった。

「こんなことはどこの店でもよくあることですよ。たかが女中に乙《おつ》な気持ちになったところで、わたしが今までお店に尽くして来たことを考えれば、屁《へ》でもないでしょう」

主の喜兵衛は商売上、太助の存在を重く見ていたので、何んとかうまく収めたいと思っていたようだが、お桑が承知しなかった。

「あたしは犬畜生を奉公人に持った覚えはないよ。おとめのようなことが二度も三度も起きたら、西村屋の看板に瑕《きず》がつく。とっとと出てお行き」

お桑は太助の頰《ほお》に平手打ちをくれて怒鳴った。太助は「覚えていろ」と捨て台詞《ぜりふ》を残して店を出て行った。

太助はしばらくしてから、浅草《あさくさ》の呉服屋へ奉公したが、その時に西村屋の客もさらって行った。結果的には、それが西村屋の傾いた原因にもなったが、お桑は悔やむような言葉を一度も美音に言ったことがなかった。

西村屋が店仕舞いする少し前、お桑は懇意にしていた山里屋のお内儀に美音の嫁ぎ先を相談したらしい。山里屋の次男坊がまだ独り身でいたので、話はとんとん拍子に進んだ。

美音の父親は、やはり商家に嫁ぐ娘に難色を示したが、母親が賛成してくれた。こうして武家の娘だった美音は山里屋の嫁になったのである。

三

お桑の長男は女房の実家がある深川佐賀町《さがちょう》に戻り、お桑と喜兵衛も近所に家を借りて、そちらへ移った。美音の祝言には祝儀が届けられただけで、二人とも式には現われなかった。

美音はお桑のことをいつも気に掛けていたが、山里屋の嫁として覚えなければならないことが山積みだった。つい、無沙汰《ぶさた》が続いていた。それに加え、山里屋の長男が病を得て亡くなると、八代目金五郎の座が俄《にわか》に美音の亭主に回って来た。美音の亭主は、主を補佐する立場ではなく、正真正銘山里屋の主となったのだ。その張り切り方も尋常ではなかった。亡くなった兄のためにも山里屋を守《も》り立てて行かなければならないと肝に銘じていた。

お桑の訃報《ふほう》が届いたのは、それから三年後のことだった。もちろん、美音は悔やみに行った。元は繁昌《はんじょう》した西村屋のお内儀の葬儀とは思えないほど質素なものだった。美音はそんな最期を迎えたお桑にすまない気持ちでいっぱいだった。太助が店に留《とど》まっていたら、西村屋も傾くことはなかったはずだ。お桑に対して何んの恩返しもしていなかったことが心残りだった。

幸い、山里屋は金五郎のがんばりで身代はさらに大きくなった。三人の息子に恵まれた美音も倖せだった。その亭主が亡くなった時、美音はお桑のことを思い出した。

あの時のお桑のように、自分も貧しい娘達を倖せな道へ導いてやりたいと。それがお桑に対する恩返しだと思ったのだ。

「ご隠居様、ちょっとお話が」

いつもの稽古の後、おふみが改まった顔で美音に声を掛けた。

「そう、わかりました。少し待ってね」

美音は応えて他の娘達を見送った。

娘達の稽古日は月に二度である。本当はもっと回数を増やしたいのだが、皆それぞれに仕事や家の手伝いがある。あまり無理は言えない。朝の五つから一刻（約二時間）の時間を捻出《ねんしゅつ》するのも娘達にとっては容易でないのだ。美音は、自分の所で稽古する娘達を募《つの》った訳ではない。最初は懇意にしていた松代屋のお内儀が、この節の女中は礼儀や女としてのたしなみがない、この先、ろくな縁談も来ないだろうとこぼしたのを聞いて、それじゃ、お店の仕事に支障がない日を見計らって、自分の所へ寄こすようにと言ったのがきっかけだった。やって来たのは、おふみの前に奉公していた女中で、おすずという娘だった。当時は十五歳だったから、礼儀や女のたしなみを望むのは無理というものである。おすずも格好の息抜きのつもりで訪れたのだ。頬が赤く、野卑な言葉遣いをする田舎《いなか》娘だった。

美音は最初からぎりぎり仕込んでも続かないだろうと考え、天気がよければ二人で散歩して、天秤棒を担《かつ》いだ振り売りが通れば、その商売の当てっこをして楽しんだ。

おすずは前髪頭の少年が頬に皹《ひび》を切らしてしじみ売りをしているのを見て、涙をこぼした。親の稼ぎが少ないから、少年はそうしてしじみ売りをしなければならないのだと。

「そうね」と、美音は静かに応えた。それからおすずはお金さえあれば、人は誰でも倖せになれるのにと言った。美音はそれに対し、何も応えなかった。

次におすずがやって来た時、美音は日本橋の呉服屋へ連れて行った。なに、ひやかしである。反物を選ぶ振りをしながら、その店を訪れる客の一人をおすずに見せるつもりだった。

深川の材木商のお内儀で、季節ごとに着物を誂《あつら》える女だった。ろくに値段も聞かず、手代や番頭に勧められるままに品物を買い、すぐさま仕立てに回して貰う。その呉服屋は得意客に中食《ちゅうじき》を出す習慣なので、どうぞこちらへとお内儀を別室へ案内した。手代や番頭にちやほやされるお内儀は上機嫌だった。

「ご隠居様。世の中は、上には上があるものだねえ。あんな人、初めて見たよ」

おすずは心底感心していた。

「おすずさんも、あのお内儀さんのようになりたい？」

美音は試しに訊いた。

「もちろんだよ。あたし、奉公に出る時、おっ母《か》さんに古着屋で木綿の着物と帯を買って貰っただけで、他には浴衣《ゆかた》ぐらいしかないもの。お金に糸目をつけず着物を買えるなんて羨《うらや》ましい。旦那さんは文句を言わないのかな」

「言わないと思いますよ」

「商売がうまく行っているからだね」

「それもありますが、ご亭主が文句を言えない事情もあるのですよ」

「どんな事情なんだ？」

おすずは興味津々という表情で訊いた。傍にいた手代が、美音の言葉に苦笑した。

「手代さん、あんた、知ってるね」

おすずはその手代をまじまじと見た。

「いえいえ、わたしは何も存じません」

若い手代は慌てて否定した。

「あなたはできた方ですね。お客様の噂話をしないのは奉公人の鑑《かがみ》ですよ」

美音は手代を褒めた。手代はまた苦笑して鼻を鳴らした。店から出て、美音はおすずに事情を説明した。あのお内儀の亭主は外に妾《めかけ》を囲い、ろくに家に戻らないので、お内儀は寂しさを紛《まぎ》らわせるためと、亭主に当てつける意味で散財しているのだと。

「お金があっても倖せじゃないこともあるのか」

おすずはようやく気がついてくれた。そうした世の中の流れを教えてから、美音はおすずに手習いや生け花の稽古をさせ、お金を掛けずに装うことや、肌を美しく保つ方法、他人から美しく見えるような所作を教えた。

二年後、おすずは見違えるような娘になり、本所《ほんじょ》の青物屋の息子に見初《みそ》められて嫁入りした。今は三人の子供に恵まれて倖せに暮らしている。松代屋はおすずのことがうまく行ったので、それ以後も美音に女中達の指南を頼んでいる。おふみはおすずの後釜《あとがま》だった。他の娘達も松代屋のお内儀の勧めで、やって来たのだ。

部屋に戻ると、おふみは庭の様子を眺めながら座っていた。美音は内心で、おふみに誰か好いた男でもできたのではないかと思っていた。

「さあ、皆さんもお帰りになったことですし、遠慮なくお話しなさいな。あたしに折り入って相談したいことがあるのですね」

美音が訳知り顔で言うと「いえ、あたしのことではなく、あさみさんのことで少し気になることが」と、おふみは言い難《にく》そうに口を開いた。

「あさみさん？　あさみさんがどうかしまして？」

美音が怪訝《けげん》な顔で訊いた。

「あさみさんのお母上は以前より、うちの店を訪れておりました」

あさみの母親は当座の金に困ると、着物や紋付を質に入れていたようだ。しかし、それは珍しいことではないと美音は思っている。

小普請組は家禄《かろく》だけで役禄はつかない。皆、内職で暮らしの不足を補っているのだ。切羽詰まれば質屋を利用することにもなろう。

「あさみさんの弟さんはそろそろ元服を迎えるお年頃なので、お父上はこの際、弟さんに家督を譲って隠居したいご様子なのです」

おふみは低い声で続ける。

「あさみさんのお父上が隠居なさるのは、少し早いような気もしますが」

「ええ。お父上はまだ四十前ですが、どうも病を得ているようなのです」

その話は初耳だった。

「それでは是非もありませんねえ」

「弟さんが家督を譲られ、これまで通り小普請組の一人としてお務めなさるのなら、それはそれで構わないと思います。でも、弟さんが新たに出仕《しゅっし》なさるとすれば、それなりのことをしなければならないですよね。お披露目《ひろめ》のこととか何か……」

「それはそうですね」

「あたしが心配しているのは、弟さんの紋付も袴《はかま》も質草にして、悪いことに流れてしまっているのですよ。このままでは弟さんがお城に出かけることもできやしません。いったい、この先、どうするのかと」

「あなたはあさみさんに同情しているのですね。それは見上げた心ばえですよ。短い間にあなたは他人を思いやる気持ちも身につけたようですね」

褒めたつもりだったが、おふみは嬉しそうな顔もしない。

「ご隠居様、近頃悪い噂を耳にしまして、それでご隠居様にお知恵を拝借したいと思いまして」

「悪い噂とは？」

そう訊いた美音に、おふみはすぐには応えなかった。重ねた手を擦《こす》り合わせ、落ち着かない様子である。

「さあ、おっしゃって。おふみさんはそれがおっしゃりたかったのでしょう?」

話を促すと、おふみは決心を固めたように顔を上げた。その眼が涙で潤んでいた。

「あさみさんは……あさみさんは吉原《よしわら》へ売られることになるかも知れません」

そんなばかな。浪人でもあるまいし、小普請組とはいえ、ご公儀のれきとした役人ではないか。美音は激しい憤りを感じた。娘を犠牲にして弟を出仕させても、どこからか噂が洩《も》れる。小久保の家は娘を売ったのだと。

「そんなことが許される訳がありませんよ」

美音は声を荒らげた。

「ごめんなさい、ご隠居様。これは噂なので、もしかしたら、あたしの思い過ごしかも知れませんが」

おふみは慌てて言い繕った。

「でも、火のない所に煙は立たないと申しますから、あたしも心配になりました。はっきりした事情はどうしたらわかるかしら。あさみさんにお訊ねする訳にも行かないし」

「うちのお内儀さんに、そっとお訊ねしてみましょうか。きっと何かわかると思いますので」

「ちょっと待って。あなたはその噂を誰から聞いたの？」

「店の番頭さんです。お武家もこうなりゃ哀れなものだと、番頭さんは嘆《なげ》いておりました」

「そう……」

あさみのことは美音が考えているより話が進んでいるのかも知れない。ぐずぐずしている暇はなかった。

「ありがとう。よく知らせてくれましたね。あたしも何か手立てがないか考えてみますよ」

そう言った拍子に、美音はあさみが以前に自分に問い掛けた言葉を思い出していた。あさみは意に染まない縁談は断っていいのかと美音に訊いたのだ。美音は即答を避け、相手のことをよく調べろと助言した。調べている内に相手の欠点も見えてくるから、それを断る理由にしろと。

思えば、あの時からあさみの身辺に何かしらの変化があったのだろう。

おふみが帰っても、美音はしばらくあさみの白い顔が頭から離れなかった。吉原に売られるのが単なる噂であっても、それに近いようなことがあさみに持ち上がっているのだと思った。

あさみの近所は何か気づいているかも知れない。そう思うと、美音は外出の用意を始めた。

四

一月の末になると、さすがに通りの雪は姿を消し、代わりに所々、ぬかるみが眼につく。

美音は一人で出かけるつもりだったが、山里屋の古参の女中が目ざとく美音に気づき、伴を買って出た。美音は仕方なく一緒に出かけることにした。

あさみの家は常盤橋御門《ときわばしごもん》近くの本町《ほんちょう》通りにある。その近辺は商家が多く、武家屋敷は少ない。

あさみの家は、元は長屋門《ながやもん》のある立派なものだったそうだが、今は表通りに面している場所を他人に貸し、一家はその陰にひっそりと暮らしている。地所を借りているのは小間物屋で、「鍵屋」という暖簾《のれん》が下がっている。元は鍵師《かぎし》をしていたのかも知れない。

女中のおひではそこまで来ると「この裏手は確か、小久保様のお嬢様のお家《うち》でしたね」と、言った。

「ええそう。あさみさんのことで、少し気になることがあるのですよ。おひで、あたしの力になっておくれかえ」

「もちろん！」

二十八歳のおひでは自分の胸を拳《こぶし》で叩《たた》いた。おひでは山里屋の手代と一緒になり、近所の裏店《うらだな》に住んでいた。五歳になる娘を姑《しゅうとめ》に預け、通いで奉公を続けている。手短に事情を説明して、美音はおひでをその店にやって、話を訊くよう言いつけた。おひでは気後れせずに暖簾を掻《か》き分けた。こういう時、古参の女中は役に立つ。若い女中なら、もじもじしてしまうからだ。

おひでは美音をさほど待たせることなく店から出て来ると「ご隠居様、わかりましたよ」と、張り切った声を上げた。

美音は詳しい話を聞くため、近所の蕎麦屋《そばや》に入った。せいろをふたつ注文してから「で、どんな様子だったかえ」と、おひでに話を急《せ》かした。

「小久保のお嬢さんに後添《のちぞ》えの話が持ち上がっているそうですよ」

「後添え？」

「ええ。お相手はお上の目付《めつけ》をしていらした方で、数年前に奥様を病で亡くしているんですよ。それで、隠居した後に何かと身の周りが不自由なので後添えをお迎えする気になったそうです」

おひでは澱《よど》みなく喋る。

「その方は、いったい幾つになるのだえ」

「五十六だそうです」

「……………」

自分とさほど年の違いがない。美音は言葉に窮した。

「でも、お嬢さんがその話をお受けすれば、小久保のお家に何らかの援助があり、弟さんも出世なさるだろうと、小間物屋さんのお内儀さんはおっしゃっておりました」

相手の男は自宅を出て、今は浅草田町《たまち》の寮《りょう》（別荘）に住んでいるという。そこは吉原に近い場所なので、あさみが吉原へ売られるという噂が立ったらしい。美音は最悪の事態でなかったことに少しほっとしたが、だからといって吉原に売られるよりまし、とも思えない。あさみはまだ十六歳の娘だ。

「きっと、あさみさんはお相手のお子達より年下なのだろうね」

美音の声が低くなる。

「お孫さんは十四になるそうですよ。男は幾つになっても若い娘が好きなのですね。あたし、いや～な感じがしました」

「あたしだって、いやだよ」

「お嬢さんは承知するのかしら」

「家のため、きょうだいのためなら承知するだろうね」

その時の美音はあさみをどうしてやることもできないと思った。ほどなく、せいろが運ばれて来ると、おひでは嬉しそうに蕎麦を啜《すす》り出した。

「よかったら、あたしの分もお食べ」

そう言うと、おひでは満面の笑みで「ありがとうございます。あたし、お蕎麦が好物なんです」と応えた。美音はつかの間、笑顔になったが、すぐに深いため息をついていた。

もしも、昔の自分にあさみのような話が持ち上がったら、両親はどうしただろうと思った。西村屋のお桑は美音の父親のことを侍の気概のある人物だと言った。浪人をしていても娘が商家に奉公するのを表向きはよしとしなかった。恐らく、後添えの話は断固反対しただろう。そう思いたい。だが、美音が山里屋の嫁になってから、実家の無心は度々続いた。

美音の亭主はそれを悪い顔をせずに出してくれた。心底、ありがたいと思っている。そのお蔭《かげ》で弟妹達は何んとか成人するに至った。

父親は早くに亡くなったが、葬儀の時には昔の同僚も何人か訪れ、その中の一人が美音の一家にいたく同情を寄せ、長男である弟を本所の津軽《つがる》藩の馬廻《うままわ》り役に抱えられるよう尽力してくれた。それから母親は残された子供達の養育につとめ、それぞれ行き先が決まると長男の所へ身を寄せ、何んの憂いもなくあの世へ旅立ったのだ。

今は、弟妹達とは盆暮に、互いに付け届けをするぐらいで、さしてつき合いはないが、弟妹達がそれぞれに倖せに暮らしていると思えるだけで美音は満足だった。

自分は倖せになったが、あさみはどうなるのだろうと、美音は頭を悩ませた。あさみが後添えになることを承知すれば、弟の出世が望め、一家は安泰と言うが、あさみの女としての倖せが約束されるとは限らない。相手の年が年だ。相手が長生きしてくれるのならまだしも、五十六歳では心許《こころもと》ない。これで子供でもできたら何んとしよう。幼い子供を抱えたあさみが喪服姿で涙にくれる姿など想像したくもなかった。

あれこれ考えると美音は食欲も失《う》せ、隠居所にじっとこもることが多くなった。

「おっ母さん」

長男の金五郎が珍しく隠居所に顔を出した。山里屋は代々、金五郎を襲名している。美音の息子は九代目の金五郎だ。

「何か用事かえ」

「別に用事ってほどでもないが、この間、おひでと一緒に出かけてから、おっ母さんが大層塞《ふさ》いでいるように見えたんでね」

金五郎は着物の上に屋号の入った松葉緑の半纏《はんてん》を羽織っている。店の目玉商品である蚊帳の色に印半纏の色も合わせているのだ。

その印半纏を見ただけで、江戸の人々は山里屋の人間だと判断できる。その色が好きだと、美音は心底思っている。夏から秋口に掛けて、夜ともなれば美音も蚊帳を吊《つ》るが、まるで森の中にいるような心地《ここち》がして落ち着く。二代目金五郎の慧眼《けいがん》に改めて頭が下がる思いもした。

蚊帳の色は藍《あい》に刈安《かりやす》という染料を加えて出す。その加減が結構難しい。ぱっと明るい萌黄《もえぎ》色を用いる店もあるが、山里屋はそれより少し暗めの緑色だ。まさしく松葉緑の名がふさわしい。これも長年の試行錯誤の末に落ち着いた色だった。

蚊帳は米に換算すれば二石か三石にも当たる高価な物だ。庶民がおいそれと手にすることはできない。蚊帳がなければ盛大に蚊遣《かや》りを焚《た》いたりするしかなかった。

　山里屋は売った蚊帳の修理も引き受けていた。長男は店の主を張っているが、次男の武次《たけじ》は蚊帳の染めと仕立ての管理を行い、三男の旬助《しゅんすけ》は修理を専門に引き受け、兄弟で店を守り立てていた。息子達が他家に養子に行かなくても済むほど、山里屋の身代が大きいということでもあった。

「何んでも小久保様のお嬢さんのことで、おっ母さんは悩んでいるらしいね」

　三十五歳の金五郎は訳知り顔で言う。近頃は亡き亭主によく似てきた。

「お喋りな人だこと。よその娘さんのことより、自分の所の女中の躾をするんだった」

　美音は自嘲《じちょう》的に応えた。

「年寄りの後添えになるなんざ、あの娘も気の毒だ」

　金五郎は美音に構わず言う。

「まあ、お前が事情を知ってしまったのだから隠してもしょうがないから話すけどね、禄の少ないお侍は哀れなものですよ」

「どうしても小久保のお嬢さんは後添えに行かなきゃならないのかな」

　金五郎は天井を見ながら独り言のように呟《つぶや》いた。美音はあさみの父親が病に陥っているとや、弟が家督を譲られても衣服の用意ができず、お城へ挨拶にも行けないことなどを手短に話した。

「それが後添えに入ることで、すべて丸く収まるのかい」

金五郎は納得できない表情をしている。

「元は目付をなさっていたなら、弟さんの出世にもひと肌脱いで下さるだろうし」

「そうかな。お務めを退《の》いたら、それほどの力は期待できないと思うよ。お上のまつりごとだって時代とともに変わるし、倅《せがれ》がてて親の後添えの弟に便宜を図るとも思えないよ。倅は、いい年して若い娘を後添えにするてて親を苦々しく思っているかも知れないよ。面と向かって言わないだけで」

「そうだねえ……」

美音は低い声で相槌《あいづち》を打った。

「小久保のお嬢さんは、商家に嫁入りする気持ちはあるだろうか」

金五郎は突然、そんなことを言った。

「商家って、どこ？」

「うちの店だよ」

「……」

「旬助も二十五になったから、そろそろ女房を持たせたいと、うちの奴《やつ》と話し合っていたんだ。小久保のお嬢さんとなら年回りもちょうどいいし」

長男と次男は女房を迎えているが、末っ子の旬助だけは、まだ独り者だった。

「でも……」

「おっ母さんは反対かい？」

「あさみさんのご両親が何んとおっしゃるか」

自分の息子とあさみを引き合わせようとは、夢にも考えたことがなかった。

「お嬢さんの弟の仕度ぐらい、うちはできるし、日々の暮らしの掛かりも贅沢《ぜいたく》しなけりゃ面倒を見てやれるよ。どうだい、おっ母さん」

「旬助は何んと言っているの？」

「あいつは小久保のお嬢さんがうちへ来た時から一目惚《ぼ》れしていたらしい」

それには少しも気づかなかった。

「じゃあ、お前、骨を折っておくれかえ。誰か仲人《なこうど》を探して、その方の口添えをして貰っておくれ」

「合点承知之助《がってんしょうちのすけ》。そういうことなら、すぐに向こうへ使いをやるわ」

金五郎は張り切った声を上げた。どうやら、仲人の心当たりがあるようだ。

「誰に頼むつもりだえ」

美音にはさっぱり見当がつかなかった。

「わからないってか？」

「ああ」

「小久保様はお武家だから、仲人もお武家の人間のほうがいいだろう。さて、誰でしょう」

金五郎は謎掛《なぞか》けするように悪戯っぽく訊いた。

「焦《じ》らさないで教えておくれ」

「本所の叔父《おじ》さん」

「まあ」

「叔父さんのお蔭で、うちの品物を津軽様のお屋敷が買い上げてくれたこともあったんだよ。おれが礼を言うと、昔はおっ母さんにさんざん世話になったから、こんなことでよければいつでも力になるって。だから、今度のことも快く引き受けてくれるはずだ」

金五郎がそう言うと、美音は嬉しさで思わず涙が込み上げた。弟は自分のことを忘れていなかったのだ。それだけでなく山里屋の商売にも便宜を図ってくれていたのだ。

「おっ母さんは自分のきょうだいにも優しい姉さんだったんだね。だから叔父さんもおっ母さんの恩に報いようとしているのさ。おれはそう思う。だけど、小久保のお嬢さん、うちの旬助を気に入ってくれるかな。それだけが心配だよ」

金五郎は我に返ったように言う。

「五十六の年寄りより、旬助のほうがいいに決まっているじゃないの。旬助、結構、男前だし」

「親ばかだなあ」

金五郎は呆《あき》れ顔をした。だが、善は急げだ、と言って、金五郎はすぐに部屋を出て行った。まだ何も決まった訳ではないが、美音は安堵していた。頼りになる息子と弟に恵まれ、しみじみ倖せも感じた。

五

美音の弟の甲崎甚太夫《こうざきじんだゆう》は、間もなくあさみの家を訪れ、父親の小久保彦兵衛に旬助との縁談を勧めた。彦兵衛はそれに対し、深い感謝の念を示しながらも、やんわりと拒否した。

　瘦せても枯れても娘を商家に嫁がせるつもりはなかったらしい。

　甚太夫は、実は自分の父親も浪人をしていて、長女の美音も本来は武家に嫁ぐのが筋であったが、一家のために山里屋の嫁になったのだと明かした。美音にはすまないが、そのお蔭で自分がこうして武家の身分を全うできた、お家の恙《つつが》ない存続を願うならば、美音の前例もあることだし、ここは曲げてご承知いただきたいと、熱心に説得したという。

　小久保家が貧苦に喘《あえ》いでいたのは、小普請組という役職のせいではなく、彦兵衛の父親の代からの借財のせいだった。ここで、あさみが先様の話を承知すれば、ひと息つけるのだと、彦兵衛は苦しい胸の内を伝えた。

　その借財がいかほどのものか見当がつかなかった甚太夫は、一時は引き下がるよりほかはないと諦《あきら》め掛けた。しかし、あさみの母親の瑞穂《みずほ》が「いえ、わたくしは藤《ふじ》巻《まき》様の許へあさみを行かせるより、山里屋さんにお任せしたいと存じます」と、自分の意見を述べた。

　藤巻とは田町の寮にいる隠居の名前だった。

　瑞穂はそれまで、夫の意見に決して逆らったことのない女だったので、彦兵衛は面喰《めんく》らい、言葉に窮した。しばらく居心地の悪い沈黙が続いた後、彦兵衛は瑞穂の後ろに控えていたあさみに「お前はどうしたいのだ」と、試すように訊いた。内心では小久保の家のために藤巻様のお話をお受け致します、と応えるものと考えていたらしい。だが、そうではなかった。

「あたしは山里屋さんのご隠居様がお姑となるなら、これ以上の倖せはないと存じます」と、きっぱり言った。年寄りの藤巻より若い旬助がよいとは言わず、美音のことを持ち出したあさみの返答はまことに見事だった。相手の気持ちを損ねることなく、断りの理由を述べたところは美音の指南の効果も確かにあったようだ。

あさみにそう言われては彦兵衛も反論できなかった。表向きは渋々、承知した。それを聞いて、美音は彦兵衛の姿が自分の父親と重なった気がした。あさみが自分の息子の嫁になることは亡き父親の導きでもあったろうかと思えた。

昔は武家の娘が商家に嫁ぐなど考えられないことだった。美音の娘時代までは特にそうだった。今は武家の身分を売る人間も出ているご時世である。町人や農民が武家の身分を手に入れ、嬉々《きき》としている様には美音も内心で複雑な思いを抱いている。だが、人間は日々、食べて行かなければならない。生きて行かねばならない。自分が商家の人間になったからではないが、身分を守るため、貧苦に喘ぐ必要がないのではないかと思っている。むろん、お金のために若さを犠牲にする必要もないはずだ。何より、美音は夫の情愛を深く感じて、これまで倖せな人生を歩んで来られた。

あさみが倖せになることは小久保の家も倖せになる近道だと美音は信じていた。弟の甚太夫に色よい返事を貰った美音は、すぐさま末っ子の旬助を部屋に呼び、これからの心構えと覚悟を促した。お前は商家の身分でありながら、畏《おそ》れ多くも武家の娘を女房にするのだ、自分を果報者と思い、あさみに思いやりを持ち、また、あさみの実家にもできるだけ力になるようにと。

旬助は嬉しくてならない、とは言わなかったが、今以上に家業に励みますと応えた。その顔を見ただけで美音は安心した。旬助は晴れ晴れとした表情で美音に笑顔を見せていたからだ。

「瓢簞《ひょうたん》から駒《こま》って、こんなことを言うのかしらねえ」

おふみは悪戯っぽい顔であさみを見る。いつもの稽古の日のことだ。美音はその日、集った娘達にあさみと旬助の朗報を伝えたのだ。

口々におめでとうございますと祝いの言葉を述べた後で、おふみが感想を洩らした。他の娘達は声を上げて笑ったが、きなは「あさみさんが羨ましい」と本音を言った。

「きなさん、これも縁というものですよ。でも、この先どうなるかは誰にもわかりませんよ。それでも、真面目《まじめ》に精進していれば、そうそう悪い結果にはならないと思います。きなさんにも、きっとよいご縁があるようにあたしも心掛けておくつもりですよ」

美音はきなを励ますように言った。

「ご隠居様、きなさんには好いたお方がいらっしゃるのですよ」

魚屋の娘のおうたが訳知り顔で口を挟んだ。

「おうたちゃんのお喋り！」

きなは顔を真っ赤にしておうたを詰《なじ》った。その話は初耳だった。

「きなさん、よろしかったらお相手のことを話して下さいな」

美音はやんわりと訊いた。きなは恥ずかしそうに俯いて、なかなか口を開かなかった。

「ご隠居様は心配していらっしゃるのよ。きなさん、打ち明けたら？」

あさみも事情を知っていたようで、きなに話すよう促す。

「でも、どうなるかわからないし……」

きなは唇を嚙《か》み締めている。

「ご隠居様、きなさんのお相手はご公儀の奥医師をなさっている田中龍安《たなかりょうあん》様のご子息で、田中龍青《りょうせい》様とおっしゃる方です。今は長崎で修業をしておりますが、来年の春には江戸へ戻るご予定です。お二人は互いに気持ちを通わせておりますが、龍青様のお父上はお二人のご祝言に反対されているようなので、きなさんがお気の毒なのです」

あさみはきなの気持ちを慮《おもんぱか》って言った。そんなことまでおっしゃらなくても、と、きなはぶつぶつと低い声で呟いている。

「大丈夫ですよ、きなさん。お二人の気持ちがしっかりしておれば、きっと一緒になれますよ」

美音は笑顔で言った。

「本当ですか、ご隠居様」

きなは縋《すが》るような眼で訊く。今まで小さな胸を痛めていたようだ。美音は不憫《ふびん》な思いがした。

「多少の障害があったほうが、お二人の気持ちが強く結びつくというものです。来年、お相手が江戸にお戻りになったら、あたしもさっそく、あらゆるつてを頼りに腰を上げるつもりです。お相手のお気持ちが離れて行かないように、きなさんはますます磨きを掛けなければなりませんよ。丁寧に顔を洗い、なるべく日焼けせぬように、間食を控えて無駄な肉を身体につけないようにね」

美音がそう言うと、小間物屋のおはつは、「女は大変」と大袈裟《おおげさ》に顔をしかめた。その言葉に娘達は笑い声を立て、きなもようやく笑顔を見せた。そのあとで、おはつは自分の店のへちま水の宣伝を始めた。他の娘達は興味深そうにおはつの話に耳を傾ける。

湯屋でぬか袋を使うだけじゃ駄目なのかとか、お手製の化粧水を拵《こしら》えて使っている人もいるが、それは効果のあることなのかとか、ひとしきり化粧談義に花が咲いた。

美音は娘達の話を聞きながら、そっと障子を開けた。その時、塀の外から気の早い蚊帳売りの触れ声が聞こえて来た。

「萌黄の～蚊帳～」

蚊帳売りの触れ声は長く伸ばすのが特徴だ。

しかし、それは山里屋ではなく、他の蚊帳店のものだった。

（萌黄じゃなくて、山里屋の松葉緑の蚊帳が極上というもの）

美音は胸で独りごちた。松葉緑は美音にとって倖せの色だった。そしてこれからは、あさみにとっても倖せの色となるはずである。

庭の松は美音の思いに応えるかのように枝を揺らしていた。

その日も一日、天気は続くようだ。

酒田さ行ぐさげ

一

深川の干鰯問屋《ほしかといや》「氷見屋《ひみや》」の掛け取り（集金）を済ませ、栄助《えいすけ》が手代の米吉《よねきち》と日本橋・北鞘町《きたさやちょう》の「網屋《あみや》」に戻ったのは七つ（午後四時頃）を少し過ぎた頃だった。網屋は廻船《かいせん》問屋を営んでおり、栄助は三十七歳の若さながら網屋の一番番頭だった。

氷見屋から百五十両という大金を運んで来たので、昼のこととはいえ、店に戻る道中、ひどく緊張を強《し》いられた。金は二つに分け、栄助と米吉がそれぞれ風呂敷《ふろしき》に包んで腰に堅く結びつけていたが、用心のため、昼めしも摂《と》らず、水茶屋で喉《のど》を潤すこともしなかった。栄助は網屋の土間口に足を踏み入れた時、緊張がいっきに弛《ゆる》み、思わず足がよろけた。

「番頭さん、大丈夫ですか」

十七歳の米吉は含み笑いを堪《こら》えるような顔で訊《き》いた。米吉は浅黒い肌に、とぼけたような表情をしている。何んでも素直に言うことを聞くので、栄助のお気に入りの手代だった。遠出する時は米吉を同行させることが多い。他の手代は仏頂面《ぶっちょうづら》をしている者ばかりで、さっぱり愛想がなかった。

「なに、ちょっと足がもつれただけだ」

栄助は何事もない表情で応《こた》えたが、春浅い季節だというのに、額にはびっしりと汗が浮かんでいた。米吉は汗ひとつかいていない。つかの間、米吉の若さが羨《うらや》ましく思えた。

「金を運ぶってのも精が切れるもんですね。深川を出た時はさほど重いとは感じませんでしたが、ここまで来ると、さすがにずっしりとこたえますよ」

米吉は栄助に阿《おもね》るように言う。

「道を行く奴《やつ》らが皆、盗人《ぬすっと》に見えて仕方がなかったよ。誰もおれ達が大金を運んでいるとは思っていないはずなのに」

栄助は苦笑いした。

「さいです。無事に済んでよかったです。番頭さん、ご苦労様です」

米吉は律儀に栄助の労をねぎらう。そんな気遣いがあるのも米吉のいいところだ。掛け取りは、よほどのことがない限り手代に任せているが、この度、氷見屋の要請により、蝦夷地《えぞち》の鰊《にしん》を西廻《まわ》りの船で江戸まで運ばせた。氷見屋はそれを肥料に加工して近隣の農家に売るのである。今年は鰯《いわし》の水揚げが少なく、どこの干鰯問屋も品物を集めるのに苦労していた。幸い、蝦夷地では鰊が豊漁とのことで、栄助は鰯の代わりに鰊を使って肥料にすることを氷見屋に勧めた。船賃が掛かるので氷見屋は難色を示していたが、何度かの交渉の末に栄助は話を纏《まと》めた。掛け取りは盆暮と決まっているが、特に今回に限り、品物を納めたひと月後にして貰《もら》った。これにより網屋は太い商いができたことにもなった。皆、栄助の手柄によるものだ。売りっ放しだと嫌味を言われないためにも、掛け取りは栄助が自ら出向く必要があったのだ。

「ご苦労様です」

女中のおちよが笑顔で二人を迎えた。おちよは五人いる女中の中で最も若い十五歳である。おちよも栄助に何かと気を遣う女中だった。張り出た額に愛嬌《あいきょう》がある。

広い店座敷に上がった時、内所《ないしょ》（経営者の居室）から賑《にぎ》やかな話し声が聞こえた。

「お客様かい？」

栄助が訊くと「酒田《さかた》の番頭さんが江戸に出ていらしたんですよ」と、内所のほうを振り返る仕種《しぐさ》をしておちよは応えた。

「そうかい……」

酒田の番頭とは権助《ごんすけ》のことで、栄助の朋輩《ほうばい》だった。奉公に上がったのも、手代に直って大坂の本店《ほんだな》へ修業に行ったのも一緒だった。大坂で三年間暮らし、栄助は江戸店の網屋へ戻ったが、権助は大坂から北前船《きたまえぶね》に乗って酒田の出店《でだな》（支店）に向かったのだ。それから十四年の歳月が過ぎていた。権助は酒田の出店を守《も》り立て、栄助と同じ番頭に昇格したが、それは酒田という土地だからできたことで、権助が江戸にいたなら、今でも手代のままだっただろうと栄助は思っている。権助は庄内《しょうない》の村から口減らしのため江戸へ奉公へ出された男だった。機転が利かず、ドジを踏むことも多かった。荷を縛っている荒縄を解《ほど》くのさえ、栄助の二倍も時間が掛かった。一緒に仕事をしていても、その要領の悪さに栄助は始終いらいらしていたものだ。店の旦那《だんな》も番頭も権助に呆《あき》れていたようだが、根が真面目《まじめ》な男なので、ドジを踏んでも不思議に叱《しか》られることは少なかった。権助なら仕方がないと、さっさと諦《あきら》めてしまうのだ。これで栄助が同じようなことをしでかせば大声で怒鳴られ、挙句に一、二発、殴られたというのに。

二人の大坂行きが決まった時、栄助は、よりによって何んでこいつと一緒にならなければならないのかと、内心で腹を立てていた。一緒に行けば、あれこれ面倒を見る羽目になるのは明らかだった。だいたい、権助のような愚図《ぐず》でのろまな男を大坂くんだりまで修業に出す価値があるのかと、店の旦那の考えにも疑問を持っていた。

その通り、大坂に行っても権助は片時も栄助の傍《そば》を離れなかった。たまには一人にさせてくれ、と声を荒らげたこともあった。その時の権助は悲しそうな顔で俯《うつむ》いたものだ。

可哀想《かわいそう》だからと道頓堀《どうとんぼり》の浜芝居《はましばい》に誘うこともあったが、興奮して大声を出す権助に辟易《へきえき》した。仕舞いには顔を見ているだけでむかむかした。早くこいつと離れて仕事がしたいと栄助は大坂にいる間中、思い続けていた。三年が過ぎ、権助は大坂から酒田に飛ばされた。生まれ在所の近くで仕事をするほうが権助にとって都合がいいだろうし、また商売上でも権助のような人間は江戸に向かないだろう。

網屋の本店の方針に栄助は深く納得がいった。いや、その時の栄助は、これで権助と離れられると、正直、ほっとしていたのだ。あのまま、権助と江戸で働くことになったら、栄助の神経が参ってしまっただろう。

この十四年、栄助はのびのびと仕事をすることができた。無駄な掛かりを省き、船頭の手間賃をぎりぎり抑え、売り上げに貢献した。

網屋の親戚筋《しんせきすじ》の娘を嫁に迎えたことにより、栄助の立場も重いものになった。三年前に一番番頭に昇格した時は網屋始まって以来の若い一番番頭だと褒《ほ》めたたえられたものだ。

(当たり前だ)

栄助はほくそ笑みながら独りごちた。それだけのことを自分がして来たからだ。おれは他の奴らとは違う、と。

しかし、おちよから権助が江戸へ出て来たことを告げられると、栄助はつかの間、いやな気持ちになった。もしかして、権助は江戸奉公になったのではないかと。忘れていたはずの煩わしさが栄助の胸に込み上げていた。権助も昨年、番頭に昇格したことは、店の主《あるじ》から聞いている。

着物の裾《すそ》を払い、栄助は改まった顔つきで内所に行き「旦那様、氷見屋さんの掛け取りを無事に終えました」と声を掛けた。

障子が開き、お内儀《ないぎ》のおたまが「ご苦労様。権助が江戸へ出て来たのだよ。ささ、お入り。お前も久しぶりに会うのだろう?」と、弾《はず》んだ声で中へ促した。

「栄助さん、懐がしいのう。まめでいだが」

権助は陽《ひ》に灼《や》けた顔をほころばせた。げじげじ眉《まゆ》にがっちりした鼻、厚めの唇、たっぷりした頰《ほお》は紅《べに》を差したように赤かった。もともと太めの身体《からだ》であったが、さらに肉がついたようだ。反対に栄助は、若い頃と目方はあまり変わっていない。酒田は江戸より仕事が楽な土地らしいと皮肉な気持ちで思った。

「お前も元気そうでよかったよ」

そう応えたが、主の藤右衛門《とうえもん》に掛け取りの包みを渡すのが先だった。

「旦那様、この通りでございます。内心では少し待ってほしいと言われることを心配しておりましたが、何んとかうまく運びました。客の反応がよければ、氷見屋さんは、またお願いしたいとのことでした」

そう言って、金の包みを差し出した。

「いや、ご苦労」

藤右衛門はあっさりと応えた。あまりにあっさりした返答だったので栄助の気が抜けた。もっとねぎらいの言葉があってもいいだろうにと、内心で不満だった。藤右衛門は権助が話す酒田の話に夢中の態《てい》だった。気を殺《そ》がれたが、そのまま席を立つのも無愛想だと思い、栄助は、しばらく二人の話を聞くことにした。

「それ、その本間《ほんま》という男のことを、もう少し詳しく聞かせてくれ」

藤右衛門は首を伸ばすようにして権助に話の続きを急《せ》かした。

「へえ。本間様は自前の船で早くから北前交易で財を成《な》したお方でござりやす。酒田には、本間様には及びもせぬが、せめてなりたや殿様に、という俗謡《ぞくよう》があるほどでござりやす」

「ほうほう。すると、本間という男は殿様よりも土地の人々には格が上と信じられておるのだな」

藤右衛門はひとしきり感心した表情で訊く。

「本間様は日《ひ》の本《もと》一の大地主でござりやす。本間様のお屋敷は、ただ今、ご公儀の巡見使《じゅんけんし》様の本陣として使用されておりますちゃ。往時を偲《しの》ばせるそれはそれは立派なお屋敷でござりやす」

「大したものだのう。わしもあやかりたいものだ。そうそう、栄助、お前に伝えておくことがあった」

藤右衛門は、そこでようやく栄助を思い出したようにこちらを向いた。

「この度、権助は酒田の店の主に昇格したのだ。それは大坂の本店の意向によるものだが」

「え？」

そう言ったきり、栄助は言葉に窮した。昨年番頭になったばかりの男が出店の主になるなど前代未聞のことだ。

「旦那様、栄助さんがびっくりしていますちゃ。おい（私）のような気の利かねェ男が酒田の店の主になるんですからの」

権助は照れ臭そうに口を挟《はさ》んだ。

「そんなことはない。お前は酒田でよくやった。北前船の船頭達もお前のことは褒めていた。船が入れば自宅に泊まらせ、手厚くもてなすそうではないか。皆、酒田行きとなると、張り切って船に乗るという者ばかりだそうだ。そのお蔭《かげ》で、この十何年、船が引っ繰り返って荷を駄目にしたこともない。よそとは大違いだ」

藤右衛門は大袈裟《おおげさ》なほど権助を持ち上げる。

「いやあ、船頭達は手間賃を考えると、多少、時化《しけ》でも船を出すものですちゃ。おいは焦《あせ》るな、焦るなといつも止めるのす。荷だけでなく、命まで取られたら元も子もないですけ」

「そうだのう。まあ、酒田でのやり方がお前に合っていたのだろう。嫁女がまた、できたおなごだそうで、権助、よかったなあ」

「いんや、おいは栄助さんと違って無骨者ださげ、三十過ぎて、ようやく嫁っこを貰《もら》った次第ですちゃ。まだ餓鬼《がき》もねくて」

「なあに。嫁女は十八だから、これから幾らでもできる。ここに一緒に顔を出してくれたらよかったものを」

「すんません。礼儀知らずで。嬶《かか》ァは女中達と浅草見物ですちゃ。着物を買うだの、簪《かんざし》買うだのと騒いでおりました。ま、今晩はめしを喰《く》うついでに改めてご挨拶《あいさつ》させますさげ」

「楽しみだのう」

藤右衛門は相好を崩した。今夜、権助は女房ともども藤右衛門と晩めしを摂《と》る予定らしい。酒田の出店の主になるのだから、それぐらいのことがあっても不思議ではないが、栄助は権助の羽振りのよさに圧倒されていた。

女房と女中を連れて江戸に出て来るとは、並の番頭にできることではない。いや、主に昇格するので、一世一代の大盤振る舞いを決め込んだものだろうか。酒田で権助はどのような暮らしをしていたのだろう。ふと、そんな疑問も湧《わ》いた。

「栄助さん、あんたも今晩、つき合わねが」

権助は気軽に誘う。

「いや。おれは帳簿付けがあるから、おれに構わず旦那様と積もる話をしたらいい」

「おいはお前さんとも積もる話があるんだがよ」

権助は昔ながらの親しい言い方で悪戯《いたずら》っぽく笑った。

「なになに。権助の江戸逗留《とうりゅう》はひと月ほどになるから、ゆっくり話をする機会もあるだろう」

藤右衛門は、さり気なく権助を制した。

「ひと月もですか」

栄助は驚いて眼をみはった。

「んだす。酒田の店は西廻りと東廻りで荷を運んでいるちゃが、おいは実際に船に乗って廻ったことがないさげ、この度、挨拶廻りで大坂の本店、江戸の出店に行くと決めた時に試してみるべと考えたのす。酒田から小木《おぎ》、福浦《ふくら》、下関《しものせき》を廻って大坂に着き、そこで本店の旦那さん、番頭さんに挨拶し、それからまた船に乗って江戸に着きました。まあ、ついでに大坂からの荷を届けて参じましたちゃ」

「そいじゃ、帰りは東廻りになるのかい」

「へえ。江戸湾から相模《さがみ》の三崎《みさき》か、伊豆の下田《しもだ》を経て阿武隈川《あぶくまがわ》の荒浜《あらはま》まで参りやす。荒浜に着けば、手代と番頭が迎えに来ているはずですちゃ。そこから酒田に戻ります」

権助は滔々《とうとう》と語った。

「長道中でご苦労さんなことだ」

栄助は皮肉を滲《にじ》ませたが、権助は気づいておらず、嬶ァがいっぺん、江戸ちゅうところば見物してェとねだるもんで、渋々ですちゃ、と朗らかに笑った。

二

内所を出て、帳場格子の中に座って帳面を開いたが、栄助は心ここにあらずという態だった。自分は日本海の荒波が打ち寄せる酒田という土地に住みたいと思わないが、そこで暮らして来た権助が、自分が知らない間に商売を拡《ひろ》げ、番頭どころか店の主に収まるということに衝撃を受けていた。

あの愚図でのろまが、どういう手で商売をものにしたのか不思議でたまらなかった。むろん、権助は昔の権助と違っていた。もの言いも堂々として、おどおどした様子は微塵《みじん》もなかった。自信に満ちているようにも見えた。まあ、酒田は江戸や大坂からはるかに離れた土地なので、商売のやり方をうるさく問われることはなかったのだろう。権助はそれを幸いに己《おの》れの思う通りのやり方で今日まで来たのだ。たまたま壺《つぼ》に嵌《は》まっただけだ。栄助は権助の出世をそんなふうに思っていた。

やがて権助は暇《いとま》を告げたようで、藤右衛門とおたまにつき添われて店座敷にやって来た。

土間口の履物に足を通し「しぇば、旦那様、お内儀様、後ほど」と、二人に頭を下げた。

「うむ。店を閉めたら、すぐに駆けつけるからの。それまでゆっくり休むがいい」

「へえ」

権助は笑顔で応え、それから帳場格子の中にいた栄助に視線を向けた。

「栄助さん、二、三日したら声を掛けるつもりださげ、おかみさんと子供さんを連れて、おいのどこさ来て、一緒にまま喰《く》うべ」

「さあ、おれは仕事が立て込んでいるので、その時間が取れるかどうか」

栄助は曖昧《あいまい》に応えた。

「なに、その時は仕事など他《ほか》の者にやらせればよい。権助、栄助と会う時間はきっと作るから心配するな」

藤右衛門は鷹揚《おうよう》に言った。

「そだが。すまんこって。しぇば、栄助さん、その時にの。楽しみに待ってるさげ」

権助はいかつい顔をほころばせて頭を下げた。栄助も慌てて返礼した。唐桟縞《とうざんじま》の着物と対《つい》の羽織はまだ綿入れで、権助の身体をさらに大きく見せていた。そのくせ、足許《あしもと》は素足だった。それが酒田風の恰好《かっこう》かと、またしても栄助は皮肉な気持ちで思っていた。

店を閉めた後、帳簿付けに手間取り、本石町《ほんこくちょう》一丁目の自宅に戻ったのは五つ（午後八時頃）近くだった。五歳の娘のおみちは床に就《つ》き、女房のおすわが縫い物をしながら栄助を待っていた。おすわはおたまの姪《めい》に当たる女で、栄助よりひとつ年上だった。縁談に恵まれず、二十五歳を過ぎても嫁入りしていなかった。そんなおすわを心配したおたまが栄助に、嫁に貰ってくれないかと言ったのだ。

本石町の家は、元は乾物屋で、当時の主は網屋に多額の借金があった。その借金を返せないまま夜逃げしてしまった。藤右衛門は借金のかたにその家を手に入れ、栄助がおすわと祝言を挙げると二人のために与えてくれたのだ。

「遅かったですね」

おすわは縫い物の手を止めてそう言うと、汁を温めるため台所に立った。栄助は羽織を脱ぐと箱膳の前に胡坐《あぐら》をかいた。

「権助さんが酒田から出て来ているそうですね」

おすわは栄助に背を向けたまま言った。さほど美人ではないが、家の中のことはきっちりやってくれるし、一人娘のおみちの養育も抜かりない。栄助はそんなおすわに満足していた。網屋のお内儀さんの姪御さんだそうで、と客に言われるのも自慢の種だった。

「知っていたのかい」

「ええ。網屋の叔母《おば》さんから聞きましたよ」

「権助の奴、今度、酒田の店の主になるそうだ。大した羽振りだったよ」

「世の中、わからないものですねえ。昔はさっぱり仕事ができなくて、お前さんが色々と手を貸していましたよね。それがお店の旦那様になるなんて……」

おすわは長い間、網屋の女中として働いていたので、権助のことはよく覚えていた。

「おれも何んだか狐《きつね》につままれたような気分だったよ」

そう言った後に、栄助は思わずため息が出た。汁をさっと温めると、おすわは椀《わん》によそって栄助の前に置いた。栄助はすぐにめし茶碗《ぢゃわん》をおすわに突き出した。昼めし抜きだったので、空腹が相当にこたえていた。

「でも、叔母さんの話じゃ、本店は酒田の店を手放すそうですよ」

おすわは指についためし粒をねぶりながら言う。栄助の箸《はし》が止まった。どういうことなのか、さっぱり訳がわからない。

「権助は酒田の店の主になるから、挨拶廻りで江戸へ出て来たんだろうが」

「それはそうですけど、これからは網屋とは別に権助さんが酒田のお店を取り仕切るのですって。早い話、権助さんが酒田のお店を買い取ったのですよ。近頃は不景気で、網屋はいくつも出店を抱えているのが大変になったのでしょうよ」

「…………」

「もちろん、それはお内儀さんのご実家の力もありましょうが」

おすわは栄助の顔色を窺《うかが》うように続けた。

「権助の女房の実家はそんなに大きいのかい」

「ええ。何んでも本間様という分限者《ぶげんしゃ》のお身内になるそうです。昔々、廻船業で財を成したお方ですって。本間様の子孫は、今はご商売をしていませんが、何もしなくても地代金の上がりで十分に食べられるのですって。羨《うらや》ましい話じゃないですか」

内所で藤右衛門と権助がしていた話を栄助はふと思い出した。

本間様には及びもせぬが、せめてなりたや殿様に——酒田ではそんな俗謡もあるという。権助の女房の実家がその本間の血筋だとすれば、酒田の出店を買い上げるのも難しいことではないだろう。腹が減っているのに食欲は失《う》せていた。栄助は残ったためしに汁を掛けて啜《すす》り込んだ。

「江戸にいる間は西河岸町《にしがしちょう》の料理茶屋に泊まっているそうですって。料理茶屋を旅《はた》籠《ご》代わりにするなんて大変なことですよ。権助さんがどれほどお金を持って来たのか見当もつかないと叔母さんも驚いていましたよ」

箸を置き、栄助は何気なく茶の間を見回した。この家に住み始めた頃、栄助のきょうだい達は、お前が一番立派な家に住んでいると羨んだものだ。貧農の家に生まれ、子供の頃は喰うや喰わずの暮らしだった。十二歳で網屋に小僧として奉公に上がった時、三度三度めしが喰えるのが嬉《うれ》しかった。

だが、網屋に奉公している内、世の中には自分が想像できないほどの金持ちがいることも知った。それを目指して栄助は今日まで努力したのだ。自分の家が持てたのはおすわのお蔭もあるが、道筋をつけたのは自分である。

きょうだいに対し、得意満面だった数年前の気持ちが俄《にわか》にしぼむのを栄助は感じた。あの権助が、愚図でのろまの権助が自分よりはるかに大きな金を手にしているのだ。その気になれば今の権助は、この家を百軒手にすることも可能だろう。むくむくと湧き上がる嫉妬《しっと》の情を栄助はどうすることもできなかった。

「権助さんはお前さんとゆっくり話がしたいのじゃないかしら」

おすわは訳知り顔で続けた。

「ああ。そんなことも言っていたよ。おれは仕事があるから時間が取れるかどうかわからないと応えたが」

「あら、せっかくですからご商売の成功の秘訣《ひけつ》でも伺ったらよろしいのに」

「何を今さら。おれにはおれのやり方がある。酒田の田舎者《いなかもの》と一緒にするな！」

栄助は声を荒らげた。おすわは驚いて、それ以上、何も喋《しゃべ》らなかった。

三

権助から食事の誘いがあったのは、それから三日後だった。西河岸町の料理茶屋「伊勢清《いせしん》」に女房と子供を連れて来てほしいとのことだった。あまり気は進まなかったが、おたまが盛んに勧めるので、栄助は渋々出かけることにした。

当日は早めに帰宅しておすわにそのことを告げると、おすわは大慌てで箪笥《たんす》の底からよそゆきの着物を引っ張り出し、娘のおみちにも晴れ着を着せた。こんなことなら、昼に髪結いに行って来るのだったと、悔しそうに言った。

「誰もお前の恰好なんざ見ていないよ」

栄助は憎まれ口を叩《たた》いておすわに睨《にら》まれた。

馳走《ちそう》になるのに手ぶらでは気が引けたので、途中、品川町《しながわちょう》の菓子屋に寄って折り詰めの菓子を持参することにした。

日中は晴れていたが、夕方になると風が出て来て、おみちは寒い、寒いと泣き言を洩《も》らした。江戸の梅はぽつぽつと蕾《つぼみ》をほころばせていたが、この寒さでは開花が遅れそうな気もした。

「すぐに着くから辛抱しろ」

栄助は宥《なだ》めたが、日頃、娘を構っていないので、おみちはおすわに縋《すが》って鼻を啜るばかりで、ちっとも言うことを聞かなかった。

「あやあ、栄助さんが？　こちらはおかみさんにお嬢ちゃんだな。さぶいどごお呼び立てして、めじょけねェ思いばさせだごと」

伊勢清の玄関で出迎えた権助の女房は大袈裟な声を張り上げた。伊勢清は数奇屋《すきや》造りの高級料理茶屋として評判が高い。檜《ひのき》の湯舟も設《しつら》えている。ただ食事するだけでも大枚の料金が掛かった。もちろん、栄助がそこに入るのは初めてだった。おまけに、権助の女房の顔を見た途端、眼がくらくらした。これほどの美人は江戸でも見たことがなかったからだ。色白で、きれいな富士額。くっきりした二重瞼《ふたえまぶた》の眼はきらきらと輝いている。これが本当に権助の女房なのかと訝《いぶか》る気持ちが強かった。

「栄助さん、よぐ来たごと。ささ、遠慮なく上がってけれ」

後ろから浴衣《ゆかた》姿の権助も声を掛けた。

「そんだかっこで、しょしちゃね」

権助の姿が恥ずかしいと詰《なじ》った。そんな口を利くのは女房しかいない。やはり、その女が権助の女房らしい。

「ええってば。栄助さんはおいの昔がらの仲間ださげ、どったらかっこしても気にしねえ」

「んだども、栄助さんはちゃんと羽織着ているでねが。あんだもちゃんとしぇばええのに」

「やがましおなごだ。ええんだってば」

権助はつかの間、声を荒らげた。おみちは二人のやり取りが可笑《おか》しいのか、くすくすと笑った。すっかり機嫌を直していた。

「ほら、お嬢ちゃんにも笑われただ。お名前、何んだべな」

権助の女房が訊くと、おみちはもじもじしておすわの後ろに隠れた。

「みちと申します。あたしはすわです。本日はお招きいただき、恐縮でございます」

「あや、あや、ご丁寧な挨拶で畏《おそ》れ入ります。おいは権助の女房のちぬと申します。栄助さんのごとは、いっつもうちの人が喋っていたさげ、耳に胼胝《たこ》ができるほどでした。お会いできて、おもしぇなや」

おちぬの言葉は、栄助にはあまり理解できなかったが、それでも自分達を歓待する気持ちが溢《あふ》れていると思った。

「あの、お内儀さん。これはつまらない物ですが、どうぞお納め下さいませ。お口に合いますかどうか」

おすわは風呂敷包みを解いて菓子折りを取り出した。

「もっけだっちゃねえ。こったらごとして貰わなくてもええのに」

おちぬは恐縮して頭を下げた。

「お前の話は半分も通じてねェど」

権助は苦笑交じりに口を挟んだ。

「もっけだっちゃは江戸のお人に通じね？」

おちぬは不安そうに権助を見た。その表情まで身震いするほどきれいだった。もっけだっちゃは、ありがとうという意味だと権助が教えてくれた。

栄助達は二階の大広間に通された。そこにはすでに料理の膳が並べられていた。白身の刺身、口取り、塩鯛《しおだい》の焼き物、煮物、酢の物、香の物と多彩だった。床の間を背にした上座にふたつの膳があり、そこが栄助と権助の席になるらしい。他は縦に向かい合う形で膳が並んでいる。栄助と権助が座ると、栄助の傍の席におすわとおみち、反対側の席におちぬが座った。二人の女中と三人の手代らしいのも控えている。三人の手代は網屋の印半纏《しるしばんてん》を着物の上に纏《まと》っていた。手代はいずれも十代から二十代そこそこの若者で、女中は若いのと古参らしいのだった。

「ささ、まず酒っこを」

権助は銚子《ちょうし》を取り上げたが、なぜか権助の膳には香の物の小鉢しか載っていなかった。

「お前の分の料理がまだ来ていないじゃないか」

栄助は気になってそう言った。すると、おちぬは慌てて「栄助さん、うちの人は料理茶屋のお料理は口に合わねのす。これ、作蔵《さくぞう》、旦那様のごっつぉば持って来て」と言った。

作蔵と呼ばれた若い手代はすぐに板場に向かった。

「ささ、おかみさん、おみっちゃん。たんと召し上がって。あやあ、おみっちゃんの何んとめんけェごと。みちぇこい（小さい）手だの」

おちぬがそう言うと、おみちは恥ずかしそうにおすわの後ろに隠れた。

「人見知りの質《たち》なんですよ」

おすわは取り繕うように言った。やがて作蔵は湯気の上がった丼《どんぶり》を運んで来て、権助の前に置いた。丼の中は魚のアラ煮だった。

「うちの人はこげなもんばかり喰うのす。ここは魚河岸が近いさげ、板前さんはうちの人のために毎朝、アラの仕入れで忙しい目に遭っているっちゃ」

おちぬは苦笑交じりに言う。

「昔は結構、色々な物を喰っていたじゃねェか。おかしな男だ」

栄助も呆れた顔をして権助の猪口《ちょこ》に酌《しゃく》をした。

「魚の煮付けはアラが一番うめェのよ。嬶ァの親父《おやじ》さんも毎度こればかりだった。

ほう、今日はぶりか……」

　権助は嬉しそうにアラの身をしゃぶり、合間に酒を飲んだ。

「しかし、権助は出世したものだ。感心するよ」

　ご馳走されるせいでもないが、珍しく栄助に素直な褒め言葉が出た。

「そう思ってくれるが？　ありがてェなあ。大坂では栄助さんにえっぺ世話になった。何んとお礼ば言ってええのがわがらね」

　権助は大きな身体を縮めるようにして頭を下げた。

「おれは何もしていないさ。お前のやり方が酒田で実を結んだのだ。おれには真似《まね》できないよ。酒田の出店を買い上げたんだって？」

「んだす。大坂の本店は酒田の店ば閉めると言って来たのす。閉めると言ったところで、こっちの奉公人は何十人もいるさげ、どうしたもんだべなあと思案していたのせ。したら、嬶ァの親父が、いっそ店を買い上げれと喋ったのす。親父、正気かと、おいは訊いた。酒田はお上の米が穫《と》れる土地ださげ、その米を運ぶ船もいる。北前船の航路も今のところ順調ださげ、ここで店を買い上げても、三年後、五年後には元を取れるってな。しかし、おいは大枚の金が掛かることを考えで、身が震えたもんだ。親父は肝っ玉の小せェ男だと、おいに怒鳴った。ちぬの亭主にしたのは、わァ（お前）を見込んだからだ、ちゃっちゃどやれねェなら酒田から去《い》ね、とまで言ったのす。おいは、やるしかなかった」

一旦《いったん》は覚悟を決めたものの、権助はこれからのことを考えると、気が重かったらしい。

「店を買い上げるのに、いったい幾ら掛かったのよ」

栄助はさり気ない口調で訊いた。

「船もあるさげ、ざっと三千両だな」

「三千両……」

想像もできない金額に栄助は言葉を失った。

「栄助さん、おいにできるべか」

権助は縋《すが》るような眼で訊いた。

「こうなったら、やるしかないだろう」

そんなことしか言えなかった。だが、権助は心底安心したように、栄助さんに背中押されで、おいは自信がついた、と応えた。

「酒田では本間様も有名なお人だが、おいは河村瑞賢《かわむらずいけん》というお人のことを尊敬してるだちゃ」

酒の酔いが回ると、権助がそう言った。

聞いたことがあるような気もしたが、栄助は思い出せなかった。

「河村瑞賢？」

「東廻りと西廻りの航路をつけたのは河村様ださげ」

権助の話によると、河村瑞賢は海運、治水の功労者であるという。伊勢国《いせのくに》の貧しい家に生まれ、十三歳で江戸に出て来て、親戚の世話になりながら材木を商っていた。二十六歳で所帯を持ったが喰い詰めて、大坂に行こうと決心していた。

だが、品川の海辺に盂蘭盆《うらぼん》の精霊《しょうりょう》流しに使われた茄子《なす》や瓜《うり》が打ち上げられているのを見て、それを拾い、江戸で漬物屋をすることを思いつく。それが成功した第一歩だった。そして、ひょんなきっかけから大名屋敷の普請現場に出入りする内、土木の基礎を身につけるようになる。最大の転機は明暦《めいれき》三年（一六五七）に起きた振袖《そで》火事である。

瑞賢は焦土と化した江戸を見た途端、すぐさま木曾《きそ》に飛んで木材を買い占め、巨利を博したという。この功績により瑞賢は一躍注目されることとなる。出羽国《でわのくに》の天領米を江戸に廻漕《かいそう》するため、幕府から航路の開発を命じられる。これが後の北前船の西廻り、東廻り航路となった訳だ。その後、大坂の淀川《よどがわ》の新航路、安治川《あじがわ》の開削《かいさく》、大和川《やまとがわ》の付け替え工事に尽力し、幕府より百五十俵取りの旗本の身分を与えられたという。

「お前は、その河村瑞賢のような男を目指しているのか」

あまりに壮大な夢に栄助は気圧《けお》されていた。

「んだす。栄助さんには、ほら話のように聞こえたかも知んねェども」

「いや、そんなことはないが……」

「おいが酒田の出店を買い上げたところで、河村様が木曾の材木を買い占めたことに比べれば、屁《へ》でもね。な、そう思わねが？」

「そうだな。三千両どころか何万両、何十万両の話になるからな」

しかし、自分にそんな商売ができるかと考えれば、栄助は首を振らざるを得ない。たかが百五十両の金を運ぶのさえ、生きた心地《ここち》もしなかったのだから。ここに来て、栄助は権助の野卑な言葉遣いを笑ったり、昔の要領の悪さを思い出したりする気持ちが失せていた。悋気《りんき》（嫉妬）を起こすのさえ、おこがましい気がした。

十四年の歳月は一人の無骨者を辣腕《らつわん》の海運業者に仕立てることもあるのだと、しみじみ思う。権助は、かつての権助ではなかった。おちぬを女房にするほどの男なのだ。美女を女房にできるのは、ひとえに男の甲斐性《かいしょう》だ。嫁《い》き遅れのおすわを女房にして悦に入っていた自分がことのほか小さい男に思えて仕方がなかった。

栄助の気持ちに拘《かか》わらず、権助は上機嫌で酒の杯を重ね、酒田の唄《うた》まで披露した。

ヨーエサノマガショ　エンヤコラマーガセ　エエヤ　エーエヤ　エーエ　エーエヤ　エード　ヨーエサノマガショ　エンヤコラマーガセ……

その掛け声ともお囃子《はやし》ともつかない不思議な節は悪路を行く時、船頭達から自然に発せられるものだそうだ。栄助はその時、行ったこともないのに酒田の海の潮騒《しおさい》が聞こえるような気がした。

四

権助はそれから度々、網屋を訪れ、藤右衛門と商売の話をするようになった。権助が訪れる時は、たいていおちぬが女中と一緒に買い物や江戸見物に出ていた。権助は女達と一緒に買い物や江戸見物をしても仕方がないと思って網屋にやって来るのだろう。たまに栄助も話につき合うことがあったが、片づけなければならない仕事が山積みなので、いつも早々に切り上げていた。権助の話を聞くのは、もっぱら藤右衛門だった。

その権助が二、三日、顔を見せないなと思っていたら、箱根《はこね》の温泉に出かけたという。これから新しく店を守り立てて行かなければならないのに、呑気《のんき》をしていていいのだろうか、他人事ながら栄助は心配になっていた。

「栄助さん、旦那様がお呼びですよ」

帳簿付けをしていた時、女中のおちよが声を掛けた。次に大坂から届く荷のことだろうかと思った。大きな船は日本橋川まで入って来られないので、江戸湾の沖に停泊することになっている。そこから荷を移し替えて網屋に運ぶのだ。店の蔵は日本橋川に向けて建っている。日中は蔵の扉が開け放たれ、人足が船と蔵の間を行き来していた。荷の中身は様々だが、お上に仕える武士の米が運ばれる時は、特に粗相がないように気をつけなければならなかった。これまでも質《たち》の悪い船頭が抜け荷を企《たくら》み、網屋がその責任を負わされたこともあったのだ。

「わかった、今行く」

算盤《そろばん》を弾《はじ》き、切りのいいところで栄助は腰を上げた。間仕切《まじき》りの暖簾《のれん》をくぐり、内所の前で「栄助です」と中に声を掛けた。おたまがすぐに障子を開けて中へ促したが、心なしか浮かない表情をしているように見えた。

藤右衛門は山王権現《さんのうごんげん》の神棚を背にし、長火鉢の前で煙管《きせる》を吹かしていた。

「何かご用でございますか」

藤右衛門の傍ににじり寄って、栄助は訊いた。

「ご用というほどのことでもないが、権助は酒田の店のことでお前に何か相談しているのじゃないかと思ってね、ちょっと訊いてみたくなったのだよ」

藤右衛門はさり気なく言ったが、おたまと同様、その表情は冴《さ》えなかった。

「いえ、特には。何かございましたか」

そう応えると、藤右衛門は小さな吐息を洩らし、煙管の雁首《がんくび》を火鉢の縁《ふち》に打ちつけて灰を落とした。

「うちの人は権助にお金の無心をされたのだよ」

おたまが藤右衛門の代わりに応えた。栄助は呆気《あっけ》に取られた。まさかという気もした。

「権助の女房の実家は酒田でも指折りの分限者と聞いております。本間様とかいう大地主の血筋だそうですね。ですから酒田の店も三千両もの大金で買い取ったそうじゃないですか。それが無心するなど信じられませんよ」

「あいつはさらに商売を拡げたい考えでいるらしい。今までは蝦夷地の松前《まつまえ》から運ばれて来る昆布、鰊、から鮭、干し海鼠《なまこ》などを大坂に廻漕していたのだが、これからは直接、権助の店の船で松前から品物を引き取りたいということだった」

「まあ、それは、船頭が揃《そろ》えば無理な話でもないですね」

「わしもそれに反対するつもりはない。しかし、あいつは松前からさらに北上して唐太《からふと》まで行きたいと言った。唐太にも蝦夷（アイヌ民族）がおっての、松前藩は交易を許されておる。権助は松前藩の家臣を抱き込んで蝦夷と直接交渉がしたいらしい。蝦夷から松前藩、さらに城下の廻船問屋という手続きが無駄に思えているのだろう」

「そうは言っても、それはお上のご定法に決められていることですよ。松前藩を介さなければ蝦夷との交易は叶《かな》いません。家臣を抱き込むなんて正気の沙汰《さた》とは思えませんね」

「しかし、奴はやるつもりでいるようだ」

「…………」

「色々、仕度金がいるから都合してほしいと言われた。栄助、どう思う？」

藤右衛門は心細い表情で訊く。

「わたしは賛成できません。万が一、お上に知られたら権助は後ろに手が回ります。旦那様もただでは済まないでしょう」

栄助はきっぱりと応えた。

「あたしもそう思ったのだよ。それほどお金が必要なら、呑気に物見遊山《ものみゆさん》している場合じゃないでしょうに。何を考えているものやら。あの若い女房の言いなりになって、みっともないったらありゃしない」

おたまは不愉快そうに眉をひそめた。

「わしも引き受けるつもりはないのだが、奴はなかなかしぶとい男で、色よい返事があるまで酒田に戻らないとまで言っているのだ」

「旦那様は根負けして出すおつもりですか」

栄助がそう訊くと、いや、まあ、と藤右衛門は曖昧に言葉を濁した。

「栄助、お前、権助に無心をやめさせておくれでないか。権助の店は、もう網屋じゃない。あたしは、すっぱりと縁を切りたいのだよ」

おたまの気持ちは栄助にもよくわかった。権助が北鞘町の店の手代や他の番頭に、酒田に来ないかと冗談なのか本気なのかわからないが、盛んに誘っていたのは知っていた。

「おちよにも妾《めかけ》にならないかと言ったそうですよ。若い女房がいるくせに。あたしは、もしやお前も誘われているのじゃなかろうかと心配で心配で」

おたまの本音はそれだったらしい。栄助まで酒田に連れて行かれたらどうしようと案じていたのだ。

「ご心配なく。わたしにそんなつもりはありませんので」

「それを聞いて安心したよ。おすわとおみちの顔を見られないなんて、寂しくて仕方がないからね」

おたまは娘がいないので、おすわを心から頼りにしていた。

権助がこれから計画していることに、栄助は一抹《いちまつ》の不安を覚えた。当分は今まで通り、地道に商売を続けるのが賢明なのだが、それを言ったところで、果たして権助は素直に聞いてくれるだろうか。だが、藤右衛門が金を出すまで権助は梃子《てこ》でも動かない魂胆でいるようだ。栄助が説得するよりほかなかった。

仕事を終えて自宅に戻り、栄助は久しぶりに親子三人で晩めしを囲んだ。

「権助さん達、箱根の温泉に行ってるそうですってね」

おすわはおみちの魚の骨を取ってやりながら言った。今夜のお菜は焼き魚に青菜のお浸《ひた》し、煮売り屋で買ったらしい卯《う》の花《はな》、それに古漬の沢庵《たくあん》だった。

「ああ、そうらしい」

栄助は気のない声で応える。

「お金持ちっていいですね。権助さんはあんなに可愛らしいお内儀さんを貰ったので、何んでも言うことを聞くのね。箱根行きもお内儀さんのお望みだそうですよ。ひと廻り（一週間）ほど過ごして江戸に戻って来たら、今度はお芝居見物ですって」

おすわの話を栄助は黙って箸を動かしながら聞いた。

「あのお内儀さん、あんなに贅沢《ぜいたく》して空恐ろしくならないのかしら。あたしだったら、とっくに、もう帰りましょうと言ってますよ」

おすわは両親が早くに亡くなっているので、親戚をたらい回しにされて育った女だった。

母親の妹のおたまは、昔からおすわを不憫《ふびん》に思っていたらしい。だが、おたまも藤右衛門と一緒になってから大坂暮らしが続き、おすわを気に掛けながら何もしてやることができなかった。藤右衛門が晴れて江戸店の主になると、おたまはすぐさまおすわを呼び寄せた。その時、おすわは十歳ぐらいだったが、両手の指はあかぎれがひどく、顔色も悪かったという。おたまの傍で暮らせることを、おすわは涙をこぼして喜び、それからは網屋で陰日向《かげひなた》なく働いた。だから、おたまの姪といっても贅沢とは縁のない暮らしをして来たのだ。

「権助の女房は贅沢に慣れている人なんだろう」

ぽつりと言って、栄助の眼は床の間に向けられた。そこには酒の角樽《つのだる》、親子三人分の反物が置かれていた。伊勢清で食事をした翌日、権助に使われている手代が届けに来たのだ。菓子折りの礼だと言って。それはおちぬの配慮だろう。おちぬは、権助の知り合いに気を遣う。人はそんなおちぬをできた女房と褒め上げるが、それは父親の庇護《ひご》があるからこそだと栄助は思う。菓子折りの礼に酒の角樽と反物は幾ら何んでもやり過ぎだろう。

「お前、贅沢できるなら酒田で暮らしたいと思うかい」

栄助は試しに訊いた。

「とんでもない。あたしは江戸が好きですから、よその土地で暮らすなんて、これっぽっちも考えたことがありませんよ」

おすわは大袈裟に顔の前で掌を振った。目尻に小皺《こじわ》が目立つ。若いおちぬとは雲泥の差だ。自分も若い女房を持ったら、言いなりになるのだろうかと思ったが、それはおすわに言わなかった。

「おれも江戸がいい」

栄助は低い声で応えた。あたしもよ、おみちが無邪気に相槌《あいづち》を打ったので、栄助はようやく声を上げて笑った。

箱根から戻って来た権助は、また網屋に顔を出すようになった。近頃の藤右衛門は権助がやって来たと告げられると、露骨に不愉快そうな表情をするようになった。藤右衛門の気持ちを察して、栄助はある夜、自宅近くの居酒見世《いざかみせ》に権助を誘った。

五

「ほてい屋」は年寄りの主とその息子だけで商っている見世だった。主の孫三郎《まごさぶろう》は偏屈な男で、水商売をしているくせに朝酒や昼酒をかっ喰らう客を嫌い、口開けは午後の七つ過ぎにしている。小女は置かず、栄助と同じような年頃の金蔵《きんぞう》という息子が見世で客の注文を受け、できた料理を運んでいた。孫三郎は板場で料理を拵《こしら》えていて、滅多に客へ顔を出すことはなかった。金蔵は如才ない口を利く男なので栄助は好感を持っていた。頭もいいらしく、どんなに見世が立て込んでも客の注文をとり忘れることがなかった。

間口二間の狭い見世だが、気の利いた突き出しと吟味した酒が評判で、本石町界隈《かいわい》では結構繁昌《はんじょう》していた。栄助は常連客とは言えないが、藤右衛門の伴をして寄合に出かけた帰りに何度かほてい屋に立ち寄ったことがあった。

権助と一緒にほてい屋の縄暖簾《なわのれん》を掻《か》き分けた時、見世の席は八割がた埋まっていた。

金蔵はすぐに小上がりに二人を促した。

冷奴《ひややっこ》と漬物、それに権助のために魚のアラ煮を頼んだ。

「栄助さん、結構いい見世を知っているんだなあ」

権助は見世を見回しながら嬉しそうに言った。

「なあに。ここは女っ気がないから一人で飲みたい時に来るのさ。だが、それも半年にいっぺんあるかどうかだ」

「さっぱりしていい見世だっちゃ」

ちろりに入った酒と貝のむき身の突き出しが先に来た。

「ささ、やってくれ」

栄助は権助の猪口に酌をした。箱根の土産《みやげ》話を聞いた後で、栄助は改まった顔で
「実はお前に折り入って話があるんだよ。旦那様に金の無心をしたそうじゃないか。いったい、どうなっているのかと、旦那様も大層心配していたよ」と、切り出した。

権助は悪さが見つかった子供のような表情で肩を竦《すく》めた。

「商売を拡げるための金だそうだが、お前は酒田の店の主になったばかりじゃないか。しばらくは落ち着いて、今まで通りの仕事を続けたほうがいいと思うけどな」

栄助は早口で続けた。

「大坂の本店の旦那はおいに祝儀をくれた。したが江戸の旦那はさっぱりその様子がねェ。そいで、こっちから催促するつもりで無心の話ばしただけっちゃ」

権助は、しゃらりと応えた。思わず栄助の眉間《みけん》に皺が寄った。

「商売のためじゃなかったのか」

「そんだふうに喋らねば、あのお人は承知しねェと思ってな」

「で、幾ら頼んだのよ」

「百五十両だな」

「……」

権助はその金を祝儀として受け取り、返すつもりはないようだ。それではたかり、

じゃないかと、栄助はむっと腹が立った。

「そんな金がおいそれと網屋にあるものか」

栄助は内心の怒りを堪えて言った。

「この間、栄助さんは深川の干鰯問屋の掛け取りしたさげ、金はあるはずっちゃ」

それで百五十両と言ったのか。栄助と藤右衛門のやり取りを覚えていたらしい。

「おきゃあがれ！　のぼせたことは言うな。ようやく集めた金を何が哀しくてお前の祝儀にしなけりゃならねェ」

声を荒らげた栄助に見世の客が驚いて振り返った。それを慌てて目顔でいなし、権助に向き直った。

「おちぬさんの実家は力があるんだろ？　酒田に戻ったら、そっちに頼め。網屋はお前が思っているほど儲《もう》かっていないんだ」

金蔵が冷奴と鯛のアラ煮を運んで来た。栄助は酒の追加を頼んだ。権助は何事もない顔でアラ煮に箸を伸ばす。権助に対する嫌悪感が衝《つ》き上がった。いや、その時の栄助の気持ちは権助をはっきりと憎悪していた。愚図でのろまな男が力をつけると、ここまでいけ図々《ずうずう》しい男になるものかと。

「おいは栄助さんを店の朋輩というだけでねぐ、本当のダチだと思っていだ。何やらしても中途半端なおいを栄助さんは文句を言いながらも助けてくれだ。それはダチだからだと、おいは思っていだのせ。だが、違っていだ。栄助さんは胸の内でおいをばかにしていだ。そうだべ？」

権助は上目遣いに栄助を見ながら言う。

「何言ってる」

「いや、おいは大坂で栄助さんが本店の手代に愚痴を洩らしたのを、たまたま聞いてしまったさげ」

「さあ、覚えていないな。お前のドジに呆れて冗談交じりに愚痴を洩らしたこともあったんだろう」

「そんでね」

権助は鋭い眼を向けた。

「愚図でのろまなおいと離れて仕事がしてェと栄助さんは言ったのせ。しぇば、どれほど気が楽だろうってな」

「………」

栄助は全く記憶がなかったが、当時の栄助の本音はその通りだったから、否定はできなかった。

「おいはそれを聞いて、身体の力がいっぺんに抜けだ。ダチだと思っていだ栄助さんが、実はおいを嫌っていだからせ」

「悪かったよ。だが、昔の話じゃないか。忘れてくれ」

栄助は畏《かしこ》まって頭を下げた。

「忘れられね。おなごに振られるよりこたえたさげ。おいは本店の旦那様に大坂の修業ば終えたら、おいば江戸から離れた店に飛ばしてけろと頼んだのせ」

権助が酒田の出店に向かったのは本店の意向でなく、権助の意思だったのだと、栄助は初めてわかった。

「酒田は荒波がざんぶざんぶと打ち寄せてよ、行った当初は気が滅《め》入《い》ったものせ。だが、ここで弱音を吐いたら、おいは愚図でのろまの男のままで終わる。いづか栄助さんを見返すことばがり考えて踏ん張ったのせ。おいにも意地はあるっちゃ。おいが目指していた人は河村瑞賢じゃねぐ、栄助さん、お前《め》ェだ」

権助は強い口調で言った。

「酒田の店の主になったんだから、十分、見返しただろうが」

栄助は皮肉な言い方をした。

「まだ足りねと思った。若くてめんけェ嬶ァを見せびらかして、江戸で湯水のように金を遣ってやるべと思った」

「それで江戸に来たのか」

「んだす」

「おめでたい男だ」

「何がおめでたいのよ。お内儀さんの姪っこを嬶ァにして網屋の一番番頭でございと得意顔してる栄助さんこそ、おいから言わせればおめでたい男ださげ」

「酒田に帰れ。江戸はお前のいる所じゃないよ」

「ところが金が足りなくなってての、ここは網屋の旦那に何して貰わねば、にっちもさっちも行かねっちゃ」

「いい加減にしないか。さんざん遊び呆《ほう》けて挙句の果てに金を都合してくれだなどと、酒田の主が聞いて呆れる」

「それは酒田で、あっちェ話ば、するなと喋るんだ。そごは江戸も酒田も同じだな」

あっちェ話は、のぼせた話という意味だろう。

「旦那に口利いて金を出して貰ったら、栄助さん、お前ェも酒田に行くべ。酒田には江戸にねェおもしろみがあるっちゃ。若《わ》けェ娘っこも、よりどりみどりっちゃ。

年増の嬶ァなんざ、捨てちまえばえええって」

それ以上、聞いてはいられなかった。栄助はものも言わず立ち上がり、金蔵に勘定を払うと「悪いが、あの男が酒を飲み終えたら、さっさと追い払ってくれ」と早口で言い、後ろも見ずにほてい屋を出ていた。

藤右衛門は、まさか百五十両は出さなかっただろうが、それでも幾らか都合したようだ。

それから間もなく、権助は酒田へ帰ることとなった。ほてい屋で飲んで以来、栄助は権助が網屋にやって来ても口を利かなかった。

いよいよ権助が日本橋川から船で発《た》つ時、栄助は店の蔵の外から見送った。藤右衛門とおたまに、せめて最後だけは見送っておやりと諭されたからだ。一行は江戸湾の船に乗り移るまで屋根船を使うのだが、その屋根船に信じられないほどの大荷物が運び込まれた。

「しぇば、旦那様、お内儀様。えっぺ祝儀ばいただいて、もっけだっちゃ」

権助はその時だけ、殊勝に礼を言った。傍でおちぬも別れの涙をこぼしながら頭を下げた。

「向こうに行ったら、しっかりやれ」

藤右衛門は権助を励ました。

「へえ。旦那様もお内儀様も風邪《かぜ》引かねよにして、まめでいろっちゃ。おい、また江戸へ遊びに来るさげ」

「ああ、楽しみにしているからな」

煩わしい男でも別れとなれば湿っぽい気持ちになるらしい。藤右衛門もおたまも涙を浮かべていた。

「しぇば……」

そう言って、船に足を掛けた時、権助は、そっと栄助のほうを見た。

「栄助さん、おい、酒田さ行ぐさげ」

権助は声を張り上げた。栄助は黙って肯《うなず》いた。権助の眼は赤くなっていた。

「酒田さ行ぐさげな」

権助はもう一度言って、大きな身体を縮めるようにして船に乗った。後からおちぬと奉公人達が続く。やがて、船は静かに岸を離れた。権助の視線はずっと栄助に注がれていた。

船の姿が見えなくなると、栄助は思わず、ほっとため息が洩れた。大坂で権助と別れた時のことがふいに思い出された。あの時もこんなふうにため息をついた気がする。

だが、あの時、「酒田さ行ぐさげ」と権助は言わなかったはずだ。何んと言って別れたのだろうか。それがどうしても思い出せなかった。煩わしい男が消えてくれたのだから、もっと気持ちが軽くなっていいはずなのに、栄助の気持ちは重く沈んでいた。自分を慕っていた権助を傷つけていたことが悔やまれた。

それがなければ権助は栄助と一緒に今も江戸で働いていたはずである。若さゆえに、栄助は権助を受け入れられなかったのだ。年月が経《た》つ内、あるいは権助と深い信頼関係が築けたのかも知れない。権助の言ったダチの間柄に。翻《ひるがえ》って考えれば、栄助には友と心から言える相手はいなかった。権助が唯一、そう言える男だった。それに気づいて栄助は、はっとする思いだったが、友を乗せた船はすでに視界から消えていた。

再び会う機会があったら、今度こそ、じっくり話し合いたいと、栄助は心底思った。権助は、もはや愚図でのろまな男ではないのだから。

そのまま何事もなく権助は酒田で仕事を続けるはずだったが、思わぬほどの不運が権助を襲った。西廻りの北前船が嵐《あらし》で転覆し、多大の損害が出たという。一度も船を転覆させたことがないのが自慢だったはずなのに。

おまけに商売を立て直す間もなく、折からの西風に煽《あお》られ、酒田は大火に見舞われた。さすがの権助も意気消沈して何も手につかなかったらしい。おちぬは腑《ふ》抜《ぬ》けになった権助に愛想を尽かし、さっさと実家に戻ってしまったという。そういう話を栄助は藤右衛門から聞いた。結局、権助が酒田の店の主でいたのは僅《わず》か一年足らずだった。江戸にやって来て、栄助に羽振りのよさを見せつけたひと月の間が権助の人生で最も光り輝いていた時期だったのだろう。

もはや、酒田で権助の名前を聞くことはないという。権助はその後、蝦夷地に向かっただの、津軽《つがる》の瀬戸（海峡）で命を落としただのと噂《うわさ》があったが、はっきりしたことはわからなかった。栄助は権助のことが心配で藤右衛門に様子を見に酒田へ行かせてほしいと頼んだが許されなかった。もはや、権助の店は網屋との縁も切れていたからだ。

栄助は時々、権助の夢を見た。権助に対する煩わしさや苛立《いらだ》ちがその度に甦《よみがえ》ったが、時間が経つ内に消え、不思議に懐かしさばかりが残った。

夢の中の権助は魚のアラ煮をうまそうに喰い、手拍子を取りながら、ヨーエサノマガショとうたうのだ。そんな権助は無邪気で可愛いと思った。それを言ってやればよかったと栄助は悔やんでいる。きっと権助は相好を崩し、細い眼をさらに細くして喜んだだろう。言えなかった言葉は栄助の胸に澱《おり》のように溜《た》まっているが、それを吐き出す術《すべ》を栄助は知らなかった。忘れられないのは権助が江戸を発つ時、栄助に向けて、酒田さ行ぐさげ、と怒鳴るように言ったことだった。その次に続く言葉を栄助は今でも考えあぐねている。酒田さ行ぐさげ、それから何んだと言いたかったのだろうか。その答えは恐らく一生、聞くことはないのだろう。

特別収録エッセイ

お江戸日本橋考

宇江佐真理

はるか五十年前は私も人並に小学生だった。

五年生になった時、音楽担当の教師の勧めで校内の合唱団に入った。万田《まんだ》先生という教師はとても熱心に指導されたので、市が主催する合唱コンクールでは上位の成績を収めることができた。万田先生が合唱のために取り上げる曲はバラエティに富んでいた。その中のひとつに「お江戸日本橋」があった。

当時は美しいハーモニーを奏《かな》でることに重きが置かれ、特に歌詞の説明は詳しく受けなかったように思う。ひどく古めかしく、田舎《いなか》臭い感じがした。コチャエ、コチャエという合《あい》の手も妙で、小学生なら笑ってしまいそうだったが、もちろん、万田先生の前では笑うことなど許されなかった。

後年、私は時代小説を書くようになって、ようやく「お江戸日本橋」の歌詞に深く納得がいったのである。

お江戸日本橋　七つ立ち
初のぼり　行列そろえて　アレワイサノサ
コチャ　高輪《たかなわ》　夜あけて　提灯《ちょうちん》消す
コチャエ　コチャエ

日本橋は旅の起点である。昔の旅の基本は徒歩なので、次の宿場に早く到着するためにに七つ立ちが一般的だった。七つは現代の時刻で午前四時頃である。季節によっては午前二時四十分から午前四時二十分の間とされる。

外は暗い。提灯が必要である。その提灯の火を消すのが高輪辺りにやって来た頃である。つまり、日本橋からてくてく二時間ほど歩いた頃に夜明けを迎える訳だ。ちなみに「お江戸日本橋」でうたわれている旅人の目的は初のぼり。江戸から上方へ向かうことを上《のぼ》ると言い、反対に上方から江戸へ出ることを下《くだ》ると言う。

当時の商家は大坂や京に本店《ほんだな》があり、江戸は出店《でだな》（支店）の場合が多かった。江戸で何年間か奉公した者が、ようやく故郷へ帰り、家族に会うことを許されるのである。もちろん、真面目《まじめ》に奉公した者だけに与えられるご褒美《ほうび》だった。行列を揃《そろ》えるのは単独で故郷に帰るのではなく、何人かまとまった団体旅行であろう。きょろきょろするな、ちゃんと前を見て歩け、と兄貴分の声も聞こえそうである。

六郷《ろくごう》わたれば　川崎の
萬年屋《まんねんや》　つると亀との　よね饅頭《まんじゅう》
コチャ　神奈川　急いで　保土ヶ谷へ
コチャエ　コチャエ

「お江戸日本橋」の三番の歌詞である。川崎には萬年屋という饅頭屋があったらしい。ここまでは歌詞をご存じの方も多いだろう。二番を飛ばして三番がうたわれるのは、いささか二番の歌詞に差しさわりがあるからだ。

恋の品川　女郎衆に
袖ひかれ　乗りかけ御馬の　鈴ヶ森
コチャ　大森　細工の　松茸を

「恋」と「女郎衆」の歌詞が唱歌としては不適切だったと思われる。四番の歌詞では平塚に至り、ここでも平塚女郎衆が登場する。多分、四番もカットされただろうが、記憶は曖昧である。それから小田原、箱根の関所に至り、関所では「入り鉄砲に出女」を警戒するための改めをうたっている。

「お江戸日本橋」は、私には十返舎一九《じっぺんしゃいっく》「東海道中膝栗毛《とうかいどうちゅうひざくりげ》」の歌バージョンのようにも思えるのだ。

江戸時代の日本橋は木製の太鼓橋で、安藤広重《あんどうひろしげ》の浮世絵などにも多く描かれた。日本橋川の両岸には白壁の土蔵が立ち並び、荷を運んで来た伝馬船《てんません》が何艘も舫《もや》っており、遠くに富士のお山が見える。のどかでありながら、江戸の繁栄も感じられる絵である。

現在の橋は明治四十四年（一九一一）に架けられたものでアーチ形の石橋である。この橋は平成十一年（一九九九）に近代産業遺産として国の重要文化財に指定されているという。

しかし、その重要文化財の橋の上に無粋《ぶすい》な高速道路が通っているのは何とも興醒《きょうざ》めである。私は地方都市に住んでいるせいもあり、日本橋の上に高速道路が通っている理由を長らく知らなかった。ただ、どうしてこんなことになったのだろうと、疑問に思うばかりだった。その理由を知ったのは、わりあい最近である（と言っても五年ほど前）。昭和三十九年（一九六四）に開催された東京オリンピックのためだった。高度成長期の日本が、その繁栄を鼓舞《こぶ》するためのオリンピック招致だったに違いない。

東洋の魔女と称された女子バレーチームの活躍と体操のチャスラフスカ選手の華麗な演技が心に残っている。多くの選手やオリンピック目当ての観光客を迅速に移動させるために、国は苦肉の策として日本橋の上に高速道路を通したのだろう。

日本橋川に空を取り戻そうという運動も起きているようだ。景観が損《そこ》なわれていると考える江戸っ子達の思いと道路建設の立場の人間の考えとは異なるので、実現するかどうかは今のところわからない。私は、できるならば日本橋の上から高速道路を外してほしいと思っているが。

地理的には、日本橋はただ橋を指すだけでなく、界隈《かいわい》をひと括《くく》りする意味もある。江戸の切絵図を開けば、日本橋界隈は存外、広範囲である。小網町《こあみちょう》も堀江町《ほりえちょう》も室町《むろまち》、大伝馬町《おおでんまちょう》、小《こ》伝馬町も日本橋の内なのだ。当時でも大店《おおだな》だった商家は、今ではデパートになっている。すっかり様変わりしているが、その地面は江戸時代から続いているものなのだ。

東京生まれの人間は案外、東京の歴史に対して興味が薄い。地方人の私が、ここはかつて違う場所だったのだと言っても、へえ、そうなんだ、という顔をするだけである。もったいない話だと思う。とりわけ、日本橋界隈は当時の商業の中心地だったので、もう少し価値観を持ってほしいものだ。

また、現代人は江戸時代をはるか昔のことと考え、全く興味を示さない者が多い。だが、私に言わせれば、ほんの二、三百年前という感じである。もっとも、そう思わなければ時代小説なんて、ばかばかしくて書いていられない。

つい先日、日本人として最初にノーベル賞を受賞された湯川秀樹《ゆかわひでき》さんの著書を読んだ（『旅人　ある物理学者の回想』角川ソフィア文庫）。さぞかし科学的な人生を歩まれただろうと思っていたら、子供の頃は祖父に漢籍の素読《そどく》を指南され、子《し》、曰《のたまわ》く……とやっていたらしい。これは江戸時代の子供達が手習所《てならいどころ》（寺子屋）で師匠から指導を受ける姿と何ら変わりがない。白い顎鬚《あごひげ》を持つ祖父が一尺以上もある字突き棒で古色蒼然《そうぜん》たる書物の文字を一字ずつ指し示すのだ。湯川少年は睡魔と闘いながら祖父の声に耳を傾けていたのである。しかし、湯川さんは大人になると、祖父の指導が無駄ではなかったと語る。意味もわからず、ただ闇雲に覚えたことが後に大きな収穫をもたらしたとも言う。

湯川さんの父親は紀州田辺藩《たなべはん》の儒者の家に生まれた。学者の家系ではあるが、父親は養子に行き、小川姓を名乗る。父親は地質学者であった。湯川さんもまた三男であったので、湯川家の養子となる。長男以外、養子に行くのは、当時としては当たり前のことだった。

湯川さんの著書には江戸時代が仄《ほの》見える。

我々の周辺は新しい文化にまみれているが、ふと考えると、ついこの間まで江戸時代を踏襲した暮らしをしていたことに気づく。それを大事に思うか、過去のこととして切り捨てるかは、人それぞれである。しかし、まだ江戸時代を彷彿《ほうふつ》させるものは、東京にはたくさん残っている。さしあたり「お江戸日本橋」を口ずさむことから始めてもいいと思う。

解説　日本橋を生きる、日本を生きる

島内景二
（国文学者）

この世に生まれてきて、本当によかった。心から、そう思える瞬間がある。人生の成分のほとんどは苦しみだが、わずかな喜びもある。数少ない喜びが、たくさんの苦しみを吹き飛ばしてくれる。だから、人生は素晴らしい。

人は喜びと、どのようにすれば巡り会えるのか。いや、それ以前に、喜びがどういう顔をしているかがわかっていなければ、幸福と出会っても、それと気づかないで通り過ぎてしまう。ここに、小説の役割がある。小説家のなすべき仕事がある。宇江佐真理の『酒田さ行ぐさげ』は、幸福との出会い方をテーマとする、絶好の人生入門書である。

これまで、歴史小説・時代小説は、読者の熱い支持を受けてきた。読者の心からの願いに応《こた》えて、作者が「喜び」との出会い方を教えてくれるジャンルである、と定義できる。

本当に生きてきてよかったと感じるのは、本という船に乗って心の旅に出た読者が、作者という水先案内人に導かれ、苦しみの大海に浮かんだ「喜びの小島」を発見し、上陸を果たした瞬間である。

宇江佐真理の『酒田さ行ぐさげ』では、六つの短編が楽しめる。つまり、この本には「六つの喜びの小島」への道案内図（海図《チャート》）が書いてあるのだ。この幸福群島の所在地は何と、江戸時代の日本橋エリアに集中していた。

歴史の潮流をさかのぼり、過去の時代を旅する読者は、苦悩や悲哀の色に染まっていると見えた海面が、本当は人間に対して暖かくて優しいものだった、という事実に気づく。この海の別名を「人情」と言う。

宇江佐は読者に、世界や人間に対する新しい見方を教えてくれる。これによって、読者の世界認識と人間観が大きく変わる。すると、世界が変わる。人間も変わる。読者の新しい人生が、日本橋からスタートするのだ。

読者は、宇江佐真理の描き出す日本橋を読むと、そこがまるで自分の「ふるさと」であるかのような優しさと懐かしさを感じる。この世界で自分も暮らしたい。いや、こういう世界を、自分は生まれてからずっと生きたかったのだ。そのことを、優れた小説は思い出させる。ここが、私の生まれ故郷だったのだ、という確信を持って。

思うに、日本人の魂のふるさとは、二つある。一つは、平安京の京都御所。もう一つが、江戸の日本橋である。北海道や九州で暮らしていても、この二つのふるさとが日本人の生きる糧となってきた。

京都御所は、日本文化の発祥の地であり、美しい暮らしや正しい人生の淵源である。一方の日本橋には、庶民の悲喜こもごもの思いが、ぎっしりと堆積している。

京都御所への憧れは、本格的な文明論を展開する歴史小説となり、日本橋へのノスタルジアは、人情の温もりや生きることの切なさを見つめる時代小説となる。宇江佐の短編集のサブタイトルには、「日本橋人情横丁」とある。倖《しあわ》せを求めて必死に生きる、名もなき人々の姿が、ここにはある。

読者の住まいは、全国津々浦々だろう。けれども、六つの短編を読み終わった時、読者は自分のこれからの人生のお手本となる人間を、日本橋で生き、日本橋で死んだ人々の中に、確実に発見している。

読者が、「あの小説に出てきた、あの人のように、自分も生きたい」と心から願う時、読者はその人物の「魂の遺伝子」を受け継いだ子孫に変貌している。だから、読者の「心の本籍地」が、宇江佐が濃密な人情の世界として描き上げた日本橋になるのだ。

第一話「浜町河岸夕景」の「おすぎ」は、「こんな家はいやだ、こんな親もいやだと、いつも考えていた」少女だった。おすぎは、現代日本の少年少女の姿と重なる。なぜならば、私たちは生まれてくる国家も、家庭も、そして時代さえも選べないからだ。

おすぎは、一年たらずの間だったけれども、手習所で学べた。これが、彼女の世界観を変えた。手習所の先生である丸山此右衛門《このえもん》は高齢だが、若い園江と夫婦であった。年齢の壁を乗り越えて愛し合い、女の意地を通した園江の生き方に、おすぎは感化される。

大人になったおすぎは、幸福な家庭を作りあげることができた。おすぎが、「今の自分のありようを滅法界もなく倖せだと思っている」のは、此右衛門を愛した園江を、少女時代に間近に見たからである。

おすぎの見つけた幸福は、現代を生きる私たちのヒントになる。だが、不安もある。おすぎは園江と出会えたけれども、私たちも尊敬できる人生の先輩と出会えるだろうか。

現実世界に、園江のように尊敬できるお手本は、なかなか見当たらない。そう悲観する読者のためにこそ、この「浜町河岸夕景」が書かれている。現代人の「心のふるさと」である日本橋には、私たちに幸福な人生の遺伝子を授けてくれる「魂の御先祖」がいる。

第二話「桜になびく」は、愛する妻に先立たれた武士が、立ち直ってゆく姿を描く。この作品のテーマは、「死」ではなく「生」である。

戸田勝次郎の妻「りよ」は、美しい桜の記憶を残して死んだ。だから、桜は勝次郎のトラウマとなった。「桜に罪はないとわかっていても、つい眼を背けてしまう」。桜花の忌まわしい記憶から、いかに脱却し、人生の新しい可能性を開花させるか。勝次郎に課された重い宿題は、たとえば、太平洋戦争の敗戦から立ち直ろうとした日本人の多くが、「しきしまの大和心を人問はば朝日に匂ふ山桜花」の記憶に苦しんだ事実と対応している。宇江佐の時代小説は、現代日本で国家と庶民が直面した歴史的な課題とも関わっている。

勝次郎の場合には、「小桜」という呑み屋で、上役の森川蔵人の真実を知ったことが、「安らかで倖せな」後半生を呼び込んでくれた。蔵人を反面教師としたのだ。

第三話「隣りの聖人」は、番頭に大金を持ち逃げされて呉服店をつぶした一文字屋の主人と妻・息子・娘の四人家族が、心を一つにして立ち直る話である。この家族再生の物語が、隣接して暮らしている儒者の相馬虎之助と妻・娘・息子の四人家族の姿と、同時並行して語られる。

一文字屋一家が相馬一家に知恵を借りるだけでなく、一文字屋一家が相馬一家を心理的・経済的に支える姿も描かれる。困難に直面し、苦悩する二組の家族が、互いに互いを思いやり助け合う相互救済の思想が、感動的に描かれている。

ちなみに、宝井其角《きかく》に「梅が香や隣は荻生惣右衛門《おぎゅうそうえもん》」という俳句があり、隣同士で住んでいた儒学者・荻生徂徠《そらい》のことを詠んでいる。さまざまな連想を誘う短編である。

第四話「花屋の柳」は、その名も「幸太」という、幸福になるべき遺伝子を持って生まれてきた植木屋の息子が主人公である。彼は、何やら大きな秘密を抱えている両親の苦境を打開させることに成功する。

この話の終わり近くに、「幸太は滅法界もなくいい気分だった」とある。「滅法界もなく」。この言葉は、第一話にもあった。すなわち、この短編集全体のキーワードだと考えられる。読者を「滅法界もなく倖せな気分」にすること。それが、宇江佐真理の作者としての幸福なのだ。

第五話「松葉緑」は、好短編の揃った『酒田さ行ぐさげ』の中でも、屈指の秀作である。タイトルは、ヒロインの「美音《みね》」が、松葉のように鮮やかで爽やかな緑色の蚊帳《かや》を商う店の隠居であることに因んでいる。

美音は、かつて呉服屋「西村屋」のお内儀だった「お桑」に助けられて、女の倖せを手に入れた。だから、自分もまた、若い娘たちが女の倖せを摑み取るための手助けをしてあげたい。それが、自分の新たな倖せとなる。

この短編を読み進める読者は、美音が作者自身の投影であることに気づく。ならば、美音に「倖せな人生」を指南される若い娘たちが、読者たちだということになる。

むろん、読者の老若男女は問わない。老いも若きも、男も女も、宇江佐の小説によって、「今、ここ」で、倖せを摑み取る。日本橋を生きる庶民を描く宇江佐の筆が、日本中の読者を「滅法界もなく倖せ」な気分に導く。ここに、時代小説のふるさとがある。

そして、第六話「酒田さ行ぐさげ」。短編集全体の表題作ともなった問題作である。秋田弁（庄内弁）の「行ぐさげ」を関西弁にすれば、「行くさかい」。「俺は酒田に行くから」という意味になる。

廻船問屋「網屋」の日本橋店で働く栄助と、酒田の店で働く権助の友情というか、出世争いが描かれる。現代のサラリーマンが、本店勤務と支店出向とに一喜一憂する姿とも重なる。

「酒田さ行ぐさげ」という言葉は、権助が栄助に向けて発した、別れの挨拶だった。この短編の終局には、こうある。

「その次に続く言葉を栄助は今でも考えあぐねている。酒田さ行ぐさげ、それから何んだと言いたかったのだろうか。その答えは恐らく一生、聞くことはないのだろう」。

権助が栄助に言いたかった言葉は、何だろう。「俺は酒田へ行くから、お前も会いに来てくれ」、「俺は酒田へ行くから、もうお前と会えないかもしれない」などと、さまざまに考えられる。

権助と栄助とは、複雑で不思議な友情で結ばれていた。何が「男の倖せ」なのか。栄助と権助は、それぞれの流儀で倖せを求め続け、競い合った。「一番番頭」となった栄助の手にしたものは、「本当の倖せ」だったのか。自分を倖せな男だと思っている栄助に、強烈なカウンター・パンチを食らわしたあげくに、突然姿を消した権助の生きざま。栄助は、倖せの輪郭を見失った。

「滅法界もなく倖せ」という短編集全体のテーマを突き破ってまで、作者が最後に読者に示したのは、「倖せを求め続ける人間たちの修羅」だった。ここに、宇江佐文学の真髄があると、私は思う。権助が最後に言いたかったのは、「俺は日本橋を心のふるさとにして、酒田でがんばる。蝦夷地や唐太《からふと》（樺太）にまで、日本橋を胸に秘めて出かけてゆこう。お前は、お前の倖せを求めて、日本橋でがんばれ」という言葉ではなかったろうか。

これがそのまま、宇江佐真理の心だろう。読者は、権助から「幸福の探究」を託された栄助のように、これからの人生を自分なりに生きようと決意する。もしかしたら、権助のように、日本橋から離れて生きる道を選ぶかもしれない、その場合でも、心の根底には「倖せのふるさと」としての日本橋が輝いている。

宇江佐真理は、「時代小説のふるさと」となる名作を、読者に手渡してくれた。だから私たちは、今の日本を前向きに生きてゆく勇気が湧いてくる。

本書は二〇一四年八月に小社より刊行された
『酒田さ行ぐさげ　日本橋人情横丁』文庫版の新装版です。
新装版化に際し、「お江戸日本橋考」
（月刊ジェイ・ノベル二〇一一年十月号掲載）を収録しました。

実業之日本社文庫 う24

酒田《さかた》さ行《い》ぐさげ 日本橋人情横丁《にほんばしにんじょうよこちょう》 新装版《しんそうばん》

2023年8月15日 初版第1刷発行

著 者 宇江佐真理《うえざまり》

発行者 岩野裕一
発行所 株式会社実業之日本社
〒107-0062 東京都港区南青山6-6-22 emergence 2
電話 [編集]03(6809)0473 [販売]03(6809)0495
ホームページ https://www.j-n.co.jp/
DTP ラッシュ
印刷所 大日本印刷株式会社
製本所 大日本印刷株式会社

フォーマットデザイン 鈴木正道(Suzuki Design)

ISBN978-4-408-55818-9（第二文芸）